離婚の学校

男の覚悟・女の選択

佐藤三武朗

コスモ21

離婚の学校　男の覚悟・女の選択

カバーデザイン◆中村　聡
カバーイラスト◆コバタツ

もくじ……離婚の学校　男の覚悟・女の選択

第八話　性癖

第九話　黎明

プロローグ

夢見る喜びは、夏雲のように湧きあがる。束の間、夢は失望に変わり、怒濤のごとく押し寄せては、岸壁に砕け散る。

青春は、夢のごとし。人生は怒濤のごとし。

人生は、言い古された言葉であるが、ドラマである。大いなる悲喜劇である。笑いと涙に満ちた舞台である。


二〇〇七年四月から「年金分割」の制度が導入された。これを機に女性たちの自立への思いが解き放たれ、夫婦関係に変化が起こるのではないかと注目された。新聞や週刊誌の紙面には、

「熟年夫婦の危機」

「離婚へ妻たちの熱い視線」

「離婚急増」

「妻たちの独立宣言」

などといった見出しも増え、男たちにとっては「わが家の妻も、もしかしたら……」という不安が現実味を帯びてきていた。

当時、アメリカ発の世界不況のお陰で、離婚の数は少し下火になったとは言え、再び勢いを増さないとも限らない雰囲気があった。熟年男性の自殺者の数も、一向に減る気配はなかった。

その当時も今も、男性は無防備である。特に日本の男性は家庭において、あまりに幼稚で、女性の怖さを知らなすぎる。ひょっとしたら、あなたの奥さんも年金分割の導入に合わせて、「さあ、離婚だ」と、ひそかに考えている妻たちのひとりかもしれない。

この制度の導入に驚いたのは、家庭を犠牲にしてまでひたすら働き続け、日本社会の発展を支えてきた団塊の世代の夫たちだった。

「年金分割?」

「おい、何だ、それは!」

「ええ、それ本当か!」

今も同じだが、あわてふためき、叫(わめ)き散らす夫たちの狼狽ぶりと、落胆ぶりが目に浮かぶようだ。

家庭を顧みる暇もなく頑張ってきた男たちよ。妻の独立宣言を冷静に受け止めるだけの度胸と勇気、そして覚悟が、あなたにあるだろうか。これから始まる物語は、年金分割の制度が導入された当時、男たちが夫婦の危機に直面しながら熟年期の離婚に揺れる姿を描いたものである。

第一話　焦燥

妻たちの反乱

　パソコンを開くと、唐津先生からメールが入っていた。誰のメールかは特定できないが、次のメールを読んでほしいと記してあった。

　一行目を読んだ私は、読んではならないものに触れた気がして、どぎまぎした。

「奥さま、主人とは今すぐにでも離婚するつもりです。いざとなると、へっぴり腰で、無責任で、身勝手で、自己中心的な夫はまっぴら御免です。一人になって、今までやり損なったことをやり遂げたいと考えます。

絵画、習字、長唄、日本舞踊、俳句、ゴルフ、水泳、英会話やスペイン語会話など、色々なことを学びたいですね。ソーシャル・ダンスをして、健康の維持に努めようと思います。陶器を焼いて、お年寄りに差し上げ、お茶を飲んでもらおうと考えています。

合唱団に入って、年末にベートーベンの第九を歌えたらいいですね。アルゼンチンタンゴやフラメンコなど情熱的な世界の異文化に触れて、新たな感激を体験できたら幸せでしょうね。図書館通いをして、夫の世話でできなかった小説の読書三昧に耽ろうと思います。アメリカ、ヨーロッパ、東南アジアへの旅行に出かけ、美術館巡りをすることも計画しています。エーゲ海クルージングを楽しみながら、紺碧の海を眺めて、ロマンチックな夢に酔いしれたらどんなでしょうね。帰りにロンドンやパリ、ヴェニスに立ち寄って、買い物を楽しむつもりです。

夫や子供の服を買うことで精一杯でしたから、これからは少し派手な格好をして銀座を闊歩してみようと思います。友達と一緒に映画鑑賞や、帰りには喫茶店に立ち寄って、思い切り映画談義に耽ることが長い間の夢でした。

今までは、早朝に出勤する夫のことを考えて、深夜の衛星放送を見ることができなかったけれど、思い切り名画の鑑賞ができます。私は歴史や文化が好きだから、国内の史跡巡りも思う存分にできます。夫や子供の健康を考え、好きな食事を楽しめませんでしたが、好きな店を訪ね歩き、おいしい料理を食べ歩きできたら、どんなに素敵でしょうね。庭には英国ガーデンを作って、四季折々の花々を楽しみたいと考えます。

帰宅するなり〝おい、風呂、めし、寝るぞ〟とまでではありませんでしたが、第一線で働いていた夫の帰りを深夜まで待つことはもうなくなります。これからは、好きな朝寝が楽しめます。帰宅してもほとんど私と会話がありませんでしたが、もうそのことで苛立つこともなくなります。急にわけもなく怒られたりすることも、私がヒステリーを起こして、いらいらすることもないと思います。

子供の世話は終わりました。自分のことを考える番です。一人身の寂しさもあるでしょうが、これからは心おだやかな生活ができます。思い切り自分を活かした生活をしようと思います。

そうだ、お金は、あの世へ持ってゆけませんね。自由を満喫し、自分を大切にして、自分のために使おうと考えています。少しは蓄えがありますから、贅沢をしなければ夫の年金の半分で十分です。これからの時間は私自身のもの。人生は楽しむためにあるのですね」

わが目を疑いながら、私は幾度もメールを読み返した。このメールの送り主は、残された人生をひたすら自分らしく生きたいと願っている。そのために離婚を考えているのかもしれない。これは私の妻の文面ではないだろうかと、とまどいながらメールを読み終えた。外の風景に気分を紛らわせようとして、窓辺に立った。私の研究室は、三階にあった。窓から、校庭を歩く女子学生の姿が見えた。

「あの女子学生も、いつか同じように考えるのだろうか」と思った瞬間、三々五々と食堂に向かう男子学生が哀れに見えてきた。

妻の顔を思い出そうとしたが、どういうわけかぼんやりとして、はっきりと思い出せなかった。それにしても、この一本のメールが私の心を深く揺り動かすことになるとは思っていなかった。

妻よ、お前もか

唐津先生から電話がかかってきた。

神妙な声で、部屋へ来てほしいとのことであった。

唐津先生は理工系の学問を専攻し、研究室に籠もりきっては、実験や研究に没頭していた。私の専門は文学であり、唐津先生の専門とは異なっていたが、自然や歴史への関心が同じであることから、妙なところで唐津先生と話も気も合った。

唐津先生ご夫婦とは、家族付き合いをするような間柄であった。一緒に食事をすることもしばしばあった。

唐津先生の部屋に向かう廊下を歩きながら、先生の神妙な声を思い出した。

奥さんから離婚を迫られていた頃、先生からよく呼び出され、離婚についての相談を持ちかけられていたのだ。

「何か問題でも起こったのだろうか」

先生の部屋の前に立って、扉をたたく私の手が重くなった。

「おお、入れよ。どうだった、あのメール、驚いたろう」

そう言って、私を出迎えた唐津先生は、椅子をすすめたまま、自分の席に戻ろうとはせず、狭い部屋の中をうろうろと歩き回った。

「奥さんに、何か変わったことはないか」

と突然、唐津先生は尋ねてきた。

「何のことですか？」

「だからさ、最近、奥さんに変な様子がないかどうか」

「別に、気づきませんが」

「前にも話したように、年金分割の制度が導入されることを知った女房が、社会保険庁へとよく出かけていたんだ。その時、先生の奥さんも一緒だったことがわかったんだ。だから、それを聞いているんだよ」

「ええ、ほんとですか。妻は一度もそんなことを言いませんよ、どうして、そんなことがわかったんですか」

「ひょんなことから、わかったんだよ。だから、心配して呼び出したんだ」

「ひょんなこと？」

「二人の姿を見たという人が教えてくれたんだ」

「でも、まさか妻が。そんなことは絶対にありません。妻に限って」

「私だって、まさか女房が離婚を考えているなんて、これっぽっちも想像したことはなかったよ。ところが、急に離婚を切り出したんだ。一度、言ったら、もうお仕舞いだよ。どんな言い分にも耳を傾けないんだ」

「妻に限って、離婚なんて。考えられません」

「それならいいんだが、私も女房を一度として疑るようなことはなかった。それが急に、青天の霹靂っていうやつさ。離婚しましょうって」

「いきなり言われたんでしたね」

「ああ、いきなりな。私の時とは違い、いよいよ年金分割制度が導入された。あちこちの家で離婚騒動が起こるぞ。しかし、そうか、奥さんには不審な点が見られないか。じゃあ、わざわざ奥さんに年金分割の話や離婚のことなど話さんほうがいい。寝た子を起こすようなものだ」

私はしんみりしてしまった。

唐津先生の奥さんを慕っていた妻が、一緒に年金のことで社会保険庁へ行っていたとなれば、見過ごせない。もしそれが本当であれば、大変なことである。私に内緒で出かけていたとなれば、さらに事は重大である。

「ブルータス、お前もか」と、恩人であるローマ皇帝ジュリアス・シーザーを裏切って殺したブルータスのことが頭に浮かんだ。

「妻よ、お前もか」とは、どうしても思いたくなかった。

妻のことを思い出してみた。化粧が濃くなった様子はなかった。服装が派手になった様子もなかった。食事や掃除に手抜きをしている気配も見当たらなかった。帰宅した時は、いつものように私を迎えてくれていた。

「それが危ないんだ。気づかれないように、奥さんは万全を期しているんだ」と言われれば、何とも返答し難い。

「先生、あのメールのことですが」

「妻たちの反乱が始まったってことさ」

「誰からのメールかわかりましたか」

「わからん。思い当たる節はないかね、先生」

唐津先生は、あっけらかんとして言った。


足早に茂呂先生が姿を現わした。年金分割の件で話し合おうと、唐津先生に呼ばれてのことだった。心理学の先生である茂呂先生とは、飲み仲間としてよく酒を酌み交わすことがあった。

年齢は、私よりも若く、五十歳に手が届くところであった。

「茂呂先生、先生はまだ若い。しかし、若いうちから勉強をしておかないとダメだ。どうだね、今のうちから年金分割の勉強会をしようじゃないか」

すでに離婚した唐津先生に、年金分割は関係ないように思えたが、嫌に熱心であった。

問題なのは、私である。躊躇していると、茂呂先生はすぐに返事をした。

「はい、唐津先生。勉強会を開きましょう。関心のある先生がいたら、メンバーを増やすってことでどうですか」

「来るものは拒まずだ。それでいいじゃないか」

「そうと決まったら、会の発足の目的、テーマ設定、現状分析、情報収集、文献収集、論旨展開、そして結論と、まとめることにしましょう」

と、学生への講義録を作るような口調で、茂呂先生は矢継ぎ早に言った。

若いくせに、茂呂先生は学者的な発想から抜けきれず、そうしなければ落ち着かないらしかった。

「わかりました。じゃ、次回に」

そう答えて、私は唐津先生の部屋を出た。

「おい、一杯やらないか」

と、唐津先生の声が背後にした。

私は断って、校庭に出た。夕日がまぶしく照っていた。目を開けられない状態であった。

私は正門へと向かった。

「妻を信じる」

それしかなかった。挨拶をする学生の声が耳に入らないほどに、私は意気消沈していた。

眠れぬ夜

帰宅すると、妻がいつものように玄関に出迎えてくれた。

「ただいま！　どうだった。何もなかった？」

「別に、何も」

私の鞄を持って廊下を行く妻の後ろ姿に、変わった様子はなかった。

台所で食事の支度をしている横顔にも、服装にも変わったところは感じられなかった。

「今日の新聞は？」

「そこよ。夕刊もそこにあるわ」

私は、新聞を広げた。普段は、経済欄と政治欄を読みふけったが、その時は社会欄にも目をくばった。

「年金分割」という記事が目に入った。小見出しには、「離婚急増か」という文字が躍っていた。

二〇〇七年から「協議の上で、最大、年金の半分が妻の手に」、二〇〇八年から「厚生年金の半分が専業主婦の妻へ」という字が、まぶしく私の目を射た。

妻が記事に目を止めたらしく、鉛筆で印がついていた。

「何だ、この年金分割の記事は！　離婚したら住む所の費用が必要になるし、熟年女性には不利だな。就職だって、容易ではないし。おいおい、こんなことも書いてあるぞ。

離婚しなかった場合、サラリーマンだった夫が亡くなると、妻は遺族年金がもらえる。うーん、金額は最大で夫の厚生年金の四分の三が基本だってさ。何だ、これじゃ、最大で半分の年金分割より、ずっと有利じゃないか」

独り言を装いながら、私は妻の耳に届くように言った。

台所で食事の支度をする妻は、聞こえないらしく返事をしなかった。

「疲れたから、晩酌をするか」

「私も頂こうかしら」

　妻は、おちょこを私に差し出してきた。

「何だ。お前も酒を飲むのか。いつから酒を飲むようになったんだ。酒は体によくないと言って、よく酒を取り上げようとしたじゃないか」

「少しくらいなら、体にいいいんですって」

「……………」

「あなたが留守の時、時々、一人で飲んでいるわよ」

「おいおい、ほんとか」

「さっきの年金分割の件だけど、お金じゃないのよ。時間が大切なの。そんな気持ちが、あの記事に込められているんじゃないかしら」

「何だ、聞こえていたのか」

「唐津先生の奥さん、離婚してから生き生きしているわね」

「どうして、そんなことを」

「……………」

「まさか、お前、奥さんと」

「電話でお話することはあるわ、前からのお付き合いだもの」

「どんな話をするんだ？」

「時間が大切だとか、自由とか、精神的なゆとりとか」

私は、酒に酔えなくなっていた。

その晩、私はまんじりともせずに過ごした。

鼾（いびき）をかく妻の寝顔が天井を向いている間はよかった。私の方を向いて、その寝顔をまっすぐに見ることができるようになると、完全に睡魔が消え去った。

朝になって、首の付け根に痛みを感じた。寝返りを打つばかりで、睡魔はとうとう私を襲ってくれなかった。

妻は朝寝坊である。私が釜のスイッチを入れ、お湯も沸かした。

ヤカンが沸騰するけたたましい音で、妻はしぶしぶ起き上がってきた。

朝、妻は不機嫌である。

「私、低血圧なの。いつまでも眠っていられる世界はないかしら」などと言いながら、朝食の支度に取りかかることが多かった。

大あわてで、私が玄関を出ようとする頃になると、ようやく妻は眠気から解放されるらしかった。

振り向くと、妻の姿が玄関先にあった。私は、とうとう、「社会保険庁へ行ったのか」と妻にたずねることはできなかった。

第二話　混沌

真剣だから、滑稽

唐津先生の部屋を訪れると、茂呂先生の姿がすでにあった。

「昨晩、年金分割のことを妻に話してみましたよ」

「それで、どうだった？」

「年金分割に合わせて、男の受難がいよいよ始まるわねと言って、面白がっていました」

「そうか、そうか」

「先生は、どうしました？」

茂呂先生が私に聞いてきた。

「私は……」

　言い渋っていると、

「離婚を突きつけられたら、これからどうなるでしょうね」

　と、さらっと言われた。それを聞いて唐津先生が、

「おいおい、人ごとみたいに言うなよ。まあ、でも、茂呂先生の奥さんは例外だよ。奥さんの方のお父さんと、先生の方のお母さんの世話だっけ、交互に見ているんだろう。今頃、そんな苦労をいとわない奥さんなんて、天然記念物のような存在だぞ」

　と言うので、私も相づちを打った。

「だが、わからんぞ、介護の仕事が終わった時が問題なんだ。自由を得た時、奥さんは必ず変わるぞ。そしたら、どうする？」

「まさか、そんなことは」

　と、茂呂先生はとまどっているように見えた。少しの間、ふたりのやりとりが続いた。

「今さら、何だ。今までの恩を忘れたのか、と叫く茂呂先生の声が聞こえるようだ」

「確かに、三行半を突きつけられたら、お前のために働いてきたのに、などと言って、妻を恨んだりすることになるでしょうね、きっと」

「協議の上、最大で年金の半分を妻にやれと、法律で決まったんだ。三行半を突きつけられる熟年男の悲痛に満ちた、哀れな顔と末路が見えるだろう。この私がそうだ。

まさか離婚を迫られるとは夢にも思わなかったよ。……確かに、研究に夢中になっていて、女房のことは二の次だった。定年になったら、二人でどこか旅行をしようと思ってはいたんだが」

「先生、何ですか。急に、弱音を吐いたりして」

「今さら強がりを言っても仕様がない。セブン・イレブンで飯を買うのは哀れなものだぞ。初めはよかったが、もう、あの味には飽き飽きだ」

「先生、離婚を後悔しているんですか」

「ああ、そうさ。複雑な気持ちだよ、今となれば」

「先生、元気を出してくださいよ」

茂呂先生が声を張り上げた。それで気を取り戻したように唐津先生が、

「よし、スローガンができたぞ。こうだ、年金分割、断固賛成」

と言うので、私は、

「私なら、年金分割、断固反対だな」

と自嘲気味に言った。それを聞いた茂呂先生が
「先生は反対ですか。そうですか。いいんですよ、色々と意見があって。じゃ、こう叫ぶことにしましょう——離婚にそなえて生きよう。無駄な抵抗はやめよう。裁判にかけても闘おう。晩節を汚しても闘うぞ。首つり自殺するまで闘い抜くぞ」

と気勢を上げるので、私もつられて、「女に負けるな」と声を張り上げ、

「孤独に弱い日本男児よ、自分の弱さを認めよ。もう一度、死の覚悟をもって知恵を出し合い、生きる術（すべ）を身につけよう。どうですか、これ」

と言うと、唐津先生が腹をかかえて笑った。

私は、何とも言えない哀れさに縛られながら帰路についた。

「人生は、くだらないから面白い。一生懸命に考えていることも、ちょっと視点を変えれば、実に子供っぽく、くだらないから愉快である」

こう考えて、気分を紛らわせようとしたが、どんよりとした雲は重くたれ込め、私の気分を解放してくれなかった。落ち葉が風に吹かれて、足下に舞った。その光景が私を無性に寂しくした。

「もし妻に離婚を迫られたら、どうしよう」

私は学生の挨拶に応える余裕もなくなっていた。

年金分割賛成

茂呂先生の部屋に、私たちは集まった。

「奥さんは、その後どう?」と、唐津先生が尋ねてきた。私は別段、妻に変わったことがないことを告げた。

「おお、それはよかった。しかし、問題はこれからだ。気を許すなよ」

と、唐津先生は茂呂先生の方を見ながら言った。

「ひとつわかったことは、離婚した夫婦の生活水準は、ほぼ確実に下がるってことです。想像以上に厳しいことを覚悟する必要があります。それでも女性は離婚をするんです。そうまでして、女性は自立を求めるんです。年金分割は、欧米の年金制度を参考にして、政府が女性の自立を考えた策だってことがわかりました」

茂呂先生は、板書しながら、私の方を向いて言った。

「じゃ、テーマは決まったな——年金と女性の自立」

と、唐津先生が茂呂先生に言った。

「これが済んだら、女性の自立と自律の違いを報告することにします」

と、茂呂先生は得意げな顔をした。

「何だ、茂呂先生。嫌に元気な声をして。先生はやっぱり年金分割に賛成なんだね」

「ええ、もちろんですよ。離婚後の女性の生活は大変でしょうから、私は全面的に賛成ですよ。前々から賛成で、もっと早くに導入されればいいと考えていたんです」

茂呂先生は、まるで学生への講義のように、数枚の紙を私と唐津先生に配布すると話し出した。

「自立って言葉は、明治になって日本に入ったと見ていいですね。英語のインディペンデンス（independence）の訳語と見てよいと思います」

と言うと、ギリシャ語では「〇〇」と言います、ラテン語では「〇〇」と言いますと、語源までさかのぼった。

「私としてはセルフ・リライアンス（self-reliance）、セルフ・サポート（self-support）といった言葉のほうが好きですし、ニュアンスが出ているように感じます。

元々、社会学や思想史の面で自由と束縛や、権利と義務を問い続けてきた西洋の人々にとっては当然の帰結として、人間の自立の問題、さらに現在においては女性解放の観点から年金分割の問題が派生してくるように思われます」

と続けた。茂呂先生は、文献を挙げながら、まるで講義か研究発表をしているような口調になってきた。

口がかわいたのか、茂呂先生はお茶に口をつけた。その間を見計らって、私は質問をした。

「茂呂先生、西洋は絶対的な階級社会だったでしょう。抑圧と支配のあった西洋にはそうした考えは当てはまるでしょうが、日本ではいかがでしょうか。状況も時代も異なるように思われますが」

「あれ、先生は反対なの、茂呂先生に」

と、唐津先生が私に聞いてきたので、

「そうです。どちらかと言うと、私は違う意見を持っています」

と答えた。茂呂先生の
「日本も西洋のようになりますよ。これから西洋人が経験したと同じ社会的な男女差別の形態を経験すると思います。それが昨今の離婚の増大であり、年金分割の導入ですよ」

という考えには、

「たとえ、そうだとしても、このまま年金分割を安易に行なえば、西洋と違って社会的に未成熟な日本は混乱を来しますよ。日本には日本の事情があると思います」

と言うのが精一杯だった。

茂呂先生の報告が、その後も続いた。年金分割の問題は面白く、茂呂先生の話は理解できたが、私には最後まで納得がいかなかった。

「また日を改めて、今度は自立と自律の違いから、年金分割と女性のことを報告します」

と、茂呂先生はしめくくった。

「……今度は、先生に報告してもらおうか」

と、唐津先生は私に言った。

「反論と言っても、反論になるかなあ。茂呂先生の報告と違って、私のは退屈ですよ。それでいいですか」

歴史的に、政治対立や階級対立が西洋にはあった。その対立の中で、社会問題を論じれば、年金分割のことも容易に論じられるような気がした。しかし、それに私は賛成しかねた。日本の社会には、権利と義務、自由と束縛、対立と解放というだけでは論じきれない不思議な世界があるように思われた。男女関係も夫婦関係も、西洋とはまるで異なっているように感じられた。

駅へ向かう私の足どりは、重くなった。

妻は本当に社会保険庁へ出かけていたのだろうか。私は事実を知りたかった。

駅前を多くの女性が往来している。この女性たちがすべて年金分割を目当てに離婚を考えているとは思えないが。

会社員の一団が、千鳥足で私の前を通り過ぎた。私はしばらくその姿を眺めた。楽しそうに、たわいない話に大きな笑い声をあげながら、男たちは通り過ぎて行った。

日本は〝ふろしき文化〟

「離婚、離婚、離婚」

昨夜は、夢の中にまで離婚という字が現われた。

今度は、私の部屋で年金分割の報告会が催された。

茂呂先生が私に、

「先生、年金分割に反対するのはいいですが、これは時代の流れですよ。女性の地位や生活を考えたら、世界規模で起こっている年金分割は、もっと早く導入されるべきでした。これから国際結婚が増えますし、女性にとって大変な時代になりますよ」

　と言うので、私が、

「でも、先生」

　と言いかけると、茂呂先生は話を続けた。

「離婚したら、女性は大変ですよ。女性の自立をもっと考えなくちゃ。年金分割は当然のことです」

「国際結婚なら、離婚した時、国際私法とか何とかで協議したらどうでしょうかね」

「それにしたって、最初から法律があれば、女性は安心するでしょう。違いますか」

「結婚が、離婚を前提にしているみたいで、おかしいですよ。日本の法律が相手国でも通用しますかね」

「さあ、それは……。でも、実際に離婚が増えているんですよ。これからもっと増えます。どうするんですか、女性の地位は？　子供の養育は？」

　二人の会話を聞いていた唐津先生は、

「茂呂先生は現実派、先生はロマンチスト。あるいは、その逆かな。面白くなってきたぞ。先生は、結婚は永遠っていう考え方。そうでしょう、先生？」

と、私をからかうようにして言った。

その間、茂呂先生は開いた口がふさがらないというふうな表情をしていた。

「じゃ、これから、私が報告をすることにします」

そう言って、私はしゃべり出した。

「欧米は、すべてのことを効率的に合理的に考えます。カバンがその一例です」

と言い始めたところで茂呂先生が聞き返した。

「カバン？　何のことです」

「少し私の話を聞いてからにしてください。色々な国から移民してきた欧米の国々にあっては、価値観が多様で、色々な考え方をする人々が寄り集まっています。だから、法律が必要ですし、誰もが認めた法律という一定の物差しで物事を測り、決定することが欠かせません。民族紛争などは、特にそうだと思います。

私がカバンを例に取ったのは、カバンは最初から入れる物と場所がすべて決められているという点を考えたかったのです。ペンはペンの場所に、カード入れはカード入れの場所に、ノートはノートの場所にというふうに入れます。カバンの種類も、旅行する時は旅行カバン、通勤の時は通勤カバンを使用します。

人間の社会も同様です。すべてが実に効率よく決められています。結婚についても、離婚についてもそうです。結婚は離婚を前提にしていると言ってよいほどに、離婚後の法的な協議まで細かく規定されています。法治国家とは、こういうことなんでしょうね。

すべてをルール化しておくと、争い事は裁判所で決定することで、万事に大きな混乱を来たさないですみます。これは私の物、これは君の物と明確に区分できます。土地もそうです。これはプライベート（私有地）だ、パブリック（公有地）だと区分して土地所有を明確にします。これは牧畜を主体とした国民の価値観です。権利と義務、自由と束縛、支配者と被支配者といった具合に区分されます。これを〝欧米のカバン文化〟と私は呼んでいます。

ところが、日本はどうでしょう。農耕文化は、境をあいまいにしています。ひとつの土地で様々な穀物や野菜を栽培します。多様な使い方をするのが農耕の基本です。明確な区分や限定をしません。

ここで、ひとつ面白い例を挙げることにします。春になると、人々は山菜を採りに山に入ります。他人の山にもぐり込んで採っていることもあります。田畑の水だって、分け合って水田を耕しているんです。これは私の山だ、川だと主張し始めたら、日本の文化は成立しません。

あいまいさこそ、実に日本的な発想であり、生活の知恵なのです。時にルール無視のように映りますが、日本人の心に根付いた文化なのです。守り抜いてきた価値観なのです。日本文化を〝ふろしき文化〟と呼ぶ所以がここにあります。

日本人はあいまいなまま、すべてを包み込む社会を作り上げたのです。これは欧米の社会や価値観とまったく異なります。浮世絵に描かれる商人も武士も、ふろしきを背中に背負っていますが、これは身分社会でありながら、共通の価値観と人生観に彩られていたことを意味します。ふろしきこそ実に便利で、効率的で、日本人の生活にとけ込んでいて、社会そのものなのです」

「先生、夫婦関係や男女関係にも、ふろしき文化が当てはまると言うんですか。年金分割においてもですか。包むってイメージは、覆い隠すっていうイメージがあって、私は嫌いだなあ」

と、茂呂先生が、たまりかねたように私の報告に口をはさんできた。

「茂呂先生、包み込むっていうことは、優しさですよ。ふろしきのように包み込む日本の文化こそ、世界に比類のない美しさじゃありませんか。潤いがあって、癒しがあって、最高だと思いますよ」

「ちょっと飛躍しているんじゃないですか、先生。女性を包み込めるような、十分に財力のある男が、今、日本にいますかねえ。それだけの度量のある男が、どこにいますかねえ」

茂呂先生の声に同調するふうにうなずく唐津先生を見た私は、黙ってはいられない。大きな声を出して、さらに反論を始めなければ気が済まなくなっていた。

「年金分割だけを取り出したら、優しい寛大な日本の文化が失われてしまいますよ。日本人の夫婦って、欧米とは違います」

「そうかなあ。夫婦関係も社会契約の一種と考えるべき時じゃないかな」

「夫婦関係もですか。親子関係はどうですか」

「親子関係は別ですよ、それは」

「それはおかしいですよ。契約関係なら、同じに論じないと。親子関係は血縁関係で、夫婦関係はそうでないからとでも言うんですか」

「関係においては、同じですよ。むしろ血の繋がらない人間が関係を創り上げることこそ、人間関係じゃありませんか」

ここまで私と茂呂先生のやりとりを聞いていた唐津先生が、議論が咬み合わなくなっているると感じて話に割り込んできた。

「なあ、ちょっと話が飛んでしまっているから、年金分割の話に戻そうよ。カバン型とふろしき型だったよな、話は」

「夫婦は一体なんですよ。一つなんですよ。家族がそうなんです。助けられたり、助けたり、お互いに一つの結びつきなんです。金じゃない。物質的な考え方は危険です」

「それは、欧米だって同じですよ。一体感は日本の親子関係より強いかもしれません。ただ、権利とか義務をしっかりと根付かせている点が、日本と違いますがね」

「茂呂先生、それは私にもわかっています。じゃ、どうして欧米のほうが離婚が多いんですか」

「日本だって、遠からずそうなりますよ。もう、そうなっているじゃありませんか」

「変に欧米化されたからですよ。権利、権利といって自己主張していたら、日本の文化はおかしくなってしまうと、私は思います」

「実際に生活に苦しんでいる女性たちが多くいる。早く、離婚された女性を守らないと、これから大変なことになります。子供と路頭に迷っている、貧しい生活を強いられている、そのことを心配しているんです、私は」

「茂呂先生は、何が大変になると言うのですか。本当に女性のことを考えるのであれば、離婚した、その時から裁判所が夫の給料を差し押さえ、妻と子供の養育費を保障するようでなければならないと、私は思いますよ」

「ええ！　裁判所が差し押さえ⁉」

「そうですよ。離婚の協議をしている間、女性と子供はどうなります。離婚するっていうことは、どう責任を果たすかっていうことでしょう」

「そこまでは考えなかったなあ」

「男と女。女に捨てられるとわかったら、男は逃げますよ。自分を捨てた女性に、誰が余計な金を払いますか。女性だって、同じですよ」

「先生、どうしてそんなことを」

「茂呂先生こそ、心理学者でしょ。これは人間の心理ですよ、普遍的な。捨てられるとわかって、責任を果たせと言われても、そりゃ、無理というものでしょう」

「先生は、もっとロマンチックな人だと思っていましたが」

「ロマンチストは現実主義者でもありますよ。あえて革命に命を賭けるくらいですから。恋愛って、冷めたらどうなるかは先生の方がご存知でしょう。心理学者ですから、先生は。もっとも専門家に限って、専門知らずだって言いますがね」

自戒を込めて私が言うと、唐津先生はスピッツのような笑い声を上げた。

「いいですか、茂呂先生。離婚の理由によっては、徹底して夫の責任を問わなくてはなりません。妻に問題があれば、妻の責任が問われるわけです。これは西洋であれ、日本であれ同じです。しかし、離婚を前提に結婚するなんてことは、西洋ではあり得ても、日本ではあり得ない話です。

男は妻にすべての責任を負っているのです。だから離婚の際は、妻にすべてを上げるくらいの覚悟がないといけないのです。西洋では、男性が財布の紐を握っているそうじゃありませんか。日本では、どうですか。唐津先生の家では、どちらが財布の紐を握っていました？」

「私だよ」

「茂呂先生の家では、いかがです」

「妻です」

「私の家では、何もかも妻が管理し、握っています。私は、何がどこにあるかまったくわかりません。わかりたくもないし、わかろうとも思いません。そんなふうにいろんなことがふろしきで包み込まれているのが日本の夫婦です。離婚なんて、とんでもない。私はすべてを妻に任せて依存しています。権利や義務という言葉は知っていますが、それを行使したことも、されたこともありません。だから、年金分割に反対なんです」

「先生が年金分割に反対するわけが、これでわかったよ。確かに、養われているほうがはるかに幸せだって言うからなあ」

と、唐津先生が自嘲気味に言った。


茂呂先生の反論が続いた。

「さっきの社会契約の話に戻っていいですか、先生」

「ああ、いいですよ」

「ふろしき文化って、結局、包み隠すってことでしょう。隠すことを是認するのが日本の文化だから、女性の自立が遅れたんだと、私は思いますがね」

「いや、欧米のように、権利か義務か、自由か束縛かという二元論で、夫婦関係を考えていたら、対立がなくなりませんよ。むしろ敵対しか残らないんじゃないですかね。夫婦関係って、もっと柔らかくて丸く、理屈じゃない関係のように思うんですよ、私は。夫婦愛って、もっと違うと思うんです」

「結局は、夫婦愛の話になりますが、結婚はいいんですよ、永遠の愛を誓うわけですから。問題は離婚です。離婚した場合、離婚後の生活をどうするかという切実な心配をしなくてはならない」

「私が言いたいのは、欧米のように先に離婚ありきじゃなく、離婚は夫婦関係の中で例外的だということです。年金分割を声高に言い立てると、結婚や夫婦関係の本来の意味が薄れ、安易に欧米のような夫婦関係になるんじゃないかと心配なんです」

「確かに、わかるけど。離婚家庭が増えるのを見ていると、そんな悠長なことを言っていられなくなって、ついつい年金問題を周知したいと考えてしまうんです」

「茂呂先生、本当に女性を守るってことは、男が自分を捨てる覚悟がないとできないじゃないですかね。離婚する場合、名誉も誇りも捨て、何もかも妻に与えて、夫は家を出るべきです。結婚するって、そういうことですよ。その覚悟がないなら、結婚はしないほうがいい。結婚をすべきじゃない。協議して別れて、また再婚しても、同じ苦しみを味わうだけです。

　私は、離婚など、とんでもないと思っています。ああ、そうだ、昔、結婚生活が面倒で、離婚を何千、何万回と考えたことはあります。でも実行しようなどと思ったことはありませんよ。あったかなあ。あったかもしれません。忘れました」

　茂呂先生と私のやり取りを聞いていた唐津先生が話に加わってきた。

「先生は、不思議な人だ。先生の意見は古いように見えるけど、女房に逃げられた私には、身につまされる思いがするなあ。先生は幸せだから、そういうことを言えるんだな。やっぱり、女房に逃げられた私は現実から逃げずに、もっと向き合わなくちゃならなかったのかな」

「私が幸せかどうかわかりませんが、離婚したら、何もかも失うだけです。また一からやり直すなんて、面倒くさくて、考えただけでぞっとします」

「それは、あまりにも日本的な考え方じゃないかな」

「欧米人には考えられないでしょうね、それって」

「日本だけかなあ、結婚を腐れ縁と考えるのは」

「腐れ縁ですか？」

「そうさ。結婚って、腐れ縁みたいなところもあるだろう、実際に」

「そんなところがあるかもしれません。しかし、たとえ、そうであっても、離婚後の女性の自立は考えないと」

「なら、もっと手があるはずですよ」

と私が言うと、茂呂先生が天井を見上げながらつぶやいた。

「裁判所が夫の給料を押さえる。貯金や財産を押さえる。そうだ、そこまで徹底しないとダメだ。女性の自立は守れない。権利の行使って、そういうことだな。カバン文化、ふろしき文化。ふうん、そんな考え方もあるのか」

「茂呂先生、唐津先生。妻って、そんなに弱い存在ですかね」

「ええ、どういう意味？　それを言われたら、茂呂先生の意見が根本から崩れてしまうよ。妻は弱い存在だと信じているからこそ、年金分割の主張が通るんだから」

「唐津先生、欧米と日本じゃ違うんじゃないですかね。同じに論じていいんですかね」

「そこだよな、問題は。年金分割などとさわぎ立てるから、妻たちが目覚めたんだ。実際には日本じゃ、妻が握っている物が大きいぞ。そうだ、私もすべて女房に預けておけばよかったかな、財布も通帳も」

「そうですよね。そう言われたら、私も心配になってきた」

頭をかきながら、茂呂先生が言った。

「あれ、さっき、茂呂先生は奥さんに財布を任せているとおっしゃっていたでしょう」

「財布だけじゃないんですよ。通帳も、へそくりも」

「何だい、へそくりって」

「へそくりを妻に預けてあるんです。そのほうが安心で。必要な時に、妻に下ろさせて、私が使いたいように使えるお金のことです。絶対に文句を言うなと約束を取っています」

「へえ、茂呂先生の家はすごいなあ。奥さんを心底信頼しているっていうことですよ。そんな家庭でありながら、年金分割に賛成するなんて、私には不思議な気がするなあ」

「くくくく……」

と、唐津先生は鳩のような声で笑った。どうやら、唐津先生はこの会話を楽しんでいるようだった。

「よし、これからは、もっと具体的な事例を考えることで、年金分割の是非を考えるとするか」

と告げると、部屋を出て行こうとして立ち上がった。

第三話　深　刻

弁護士の話――離婚相談で繁盛

その日は、弁護士を呼ぶことになった。

「弁護士の話を聞けば、年金分割と離婚の話も、少し現実味を帯びると思ってね」

唐津先生はそう言って切り出すと、急遽参加することになった先生方が座れるように、教室の机の位置を変え始めた。

そこへ先生方が三々五々と入ってきた。

唐津先生、茂呂先生、遠藤先生、鈴与先生、渡井先生、神部先生、山西先生、寺澤先生、藤森先生に私を加え、総勢十名が集まった。

「不思議な顔ぶれだなあ」

いちばん最後に教室に入ってきた遠藤先生が周囲を見渡して言った。

「年金分割の話が人ごとではない証拠だな、これは。そろそろ弁護士の田岡先生がいらっしゃる頃だ」

唐津先生は腕時計を見ながら言った。

田岡先生は、非常勤として教壇に立ち、憲法と民法を担当していた。体の小さな先生であったが、おもむろに席についた姿には威厳があった。

一同を見渡すと、田岡先生はきまり悪そうなふうをした。

「あれ、こんなにお集まりになって。先生方も関心があるんですねえ、この問題に。身近なことでいいから話してくれと、唐津先生に頼まれましたから、ごく身近なことをしゃべらせてもらいますが、いいですか」

「身近なことで、お願いします。年金分割と離婚について相談で来る人々のこと、年金分割を取り巻く状況がどんなであるか、その辺のことがわかればいいんです」

「個人情報とも関わりますから、当たり障りのない程度のことを話します」

「それで結構です。質疑応答形式を取りたいと思いますが、いいですか」

「講義になっては詰まらないから、それがいいでしょうね。そのほうがわかりやすくていいんじゃないかな」

「まあ、とにかく年金分割のことで、相談に来るお客が増えましたよ。深刻なんですね。でも、どうやら男性の方はまだ気づいていないようですね、この深刻さを」

「深刻って？」

「年金分割が導入されて、実は、すでに大変なことが起こっています。特に、男性に」

「相談に来るのは、女性ですか」

「はい、ほとんどが女性です」

「どんな相談ですか」

「年金分割の導入にともなって、離婚をしたいという相談です」

「年金分割といっても、年金の半分がそのままもらえるというんじゃないでしょう」

「そこなんです。ほとんどの女性が、半分もらえると解釈している。実は、両者が話し合い、解決するようになっている。解決できなければ裁判にかける。必ずしも、半分もらえるとは限らないんです」

「先生は、どう答えるんですか」

「まず、相談に来た方が考えているように、年金分割は容易ではなく、離婚は思いとどまるようにすすめています。そんなに甘いもんじゃないですよ、離婚するってことは」

「どんな世代の女性たちが相談に来られるんですか」

「三十代、四十代も来るし、でもやっぱり多いのは団塊の世代の夫を持つ六十代かな」

「団塊の世代の夫を持つ女性なら、話はわかるけど、三十代、四十代っていうのはどういうことですか」

「今のうちから年金分割をねらって、いずれは離婚をしようと考えているんでしょう。論外ですが、話を聞いているうちに、やはり結婚生活そのものに問題があるってわかってきました。でも、裁判所だって、十年、二十年先の夫婦関係のことは判断できません。離婚しているかもしれないいし、元のサヤに収まっているかもしれない。だけど、女性の方は真剣ですよ、驚くほどに」

「何が原因ですかね。困ったもんだなあ」

「こうしたケースはどんどん増えていくような気がします。年金分割のことをもっときちんと理解して、離婚によってもっと違った苦労と心配が生じるとわかるまで、まだまだ時間がかかるでしょう」

「夫はまったく知らないんですか」

「もちろん、旦那さんには内緒で年金分割の相談に来ているようですね」

「知ったら、驚くだろうな」

「きっと、驚くでしょうね。仕事に打ち込んでいるのに、妻の方はこっそり年金分割とか離婚の相談に行っていると知ったら、気が狂うんじゃないかな」

「離婚することになったら、話し合いで解決しなければ、裁判になるわけですね」

「ええ」

「どんな裁判になるんですか」

「離婚事件は調停と訴訟で、家庭裁判所が処理することになります。こうしたケースは、まず夫婦関係調整調停事件として扱われます。そしてその後、調停成立か調停不調となり、不調の場合には訴訟となります。

離婚はできないけれども、当分の間、別居という調停もあります。子供が小さければ、奥さんは別居の間、その面倒を見ることもできます。……子供が大きくなったら、別居のまま離婚になるってこともあります。別居の間、役所は健康保険証なども出してくれるから不便はないです。傍目にはうまくいっているふうに見えますよ。けれど、夫婦仲はまったく破綻状態ということに」

「ええ！　そんなふうなことが起こり得るんですか」

「知らなかったでしょう。調停・訴訟で離婚が成立し、金銭支払いの約束をして、それを守らないと、弁護士が申請して、裁判所は退職金や財産を差し押さえることができます」

「先生も申請を頼まれて、やっているんですか」

「もちろん、頼まれればやりますよ。裁判所が差し押さえるわけですがね」

「先生、私のを差し押さえたりしないでくださいよ、お願いします」

思わず口からもれた私の言葉に、他の先生も人ごととは思えない笑いを送ってよこした。

「申請があった場合、裁判所は差し押さえに入ります」

「ええ！　私たちの知らないうちにですか」

今度は、声を荒げて遠藤先生が言った。

「知らないのは、先生方のような旦那さんばかり。最悪の場合、退職時に突然、妻から離婚訴訟をされ、あらかじめ退職金と預金、不動産などを裁判所が仮差し押さえするってことになっていると知ったら、驚くだろうなあ」

「嫌ですよ、先生、人ごとみたいに」

「これぱっかりは、私にはどうにもならないんです。夫婦の間で解決してくれないと」

「事前に、夫に仮差し押さえのことがわからないんですか、先生」

「わかったら、皆さん、財産を持って逃げてしまうでしょうな。違いますか」

「そうですね、やっぱり逃げるでしょう」

「こんなことが起こっていいものでしょうか、先生」

「これからは流行るんじゃないかな。すでに、あちこちで起こっていますよ」

「ええ！　まさか」

「本当の話です。夫婦らしく見せかけているから、傍目にはまったく気づかれずにいるが、愛情関係のまったくない夫婦が増えています」

「それって、仮面夫婦だな」

「赤の他人と同じになってしまいながら、同居している夫婦が増えていることをご存じないですか。唐津先生はご存じでしょう」

「私ですか。知らないなあ。奥さんを信じ、仕事に熱中していて、退職と同時に離婚を迫られて、年金の半分を持って行かれたら、老後はどうなるんだろう」

「悲惨でしょうね。家族のことを一生懸命に考えて生きてきて、いきなり三行半を突きつけられたら、死ぬにも死ねないでしょうね」

「何を信じて生きていったらいいんだろう」

「今までは、家族や子供だったたでしょうが、これからは自分しか頼れない。信じられないってことになるでしょうね」

「孤独だなあ」

「実は、女性だって困るでしょうね。裁判になった場合には、年金の半分をもらえるとは限りませんし、土地など他の財産だって問題になるんですよ。それに、今は旦那さんの働きによって生活をしているけれど、離婚したら働かなければなりません。病気になったりするかもしれません。これから社会がどう変化するかわかりませんよ。色々なことを考えた上で、離婚を考えているんですかと、逆に相談者に聞き返します」

「深く考えないで、相談に来ているんですかね」

「旦那さんの方だって、それまでは会社のために生きてきたから、これからは夫婦相和（あいわ）して、家庭やお互いのために生きるようにしないといけないと感じますよ。欧米と違って、日本の社会はまだまだ企業や組織の論理がまかり通っている。このままだと、家庭が崩壊するばかりか、結果として会社や社会が退廃してしまうことになる。そのことも心配です」

「裁判になって、呼び出されたら、男はびっくりするでしょうね」

その声に、経験のある唐津先生は後ろを振り向く形で、自分に対して発せられたのではないかと懸念するような表情をした。

「一度、離婚して、また寄りを戻すことは難しいでしょうかね、先生」

「一度、冷えた女性の心を再び燃え立たせることが、どんなに難しいか、私よりも先生方のほうが専門でしょう」

弁護士の田岡先生がそう言うと、先生方の視線が私のほうに向いた。

文学の世界と現実の世界は別であった。愛は不滅であり、普遍である。しかし、現実の世界において、愛は制約を受ける。愛が憎悪に変わった時の結末を小説で読んだことがあるが、身が凍えるほどであったことを私は思い出した。

「先生方のお役に立てたでしょうか。女性を大いなる異性として見る目を失っていることがいけないんじゃないでしょうか。妻は子供にとっては母であり、家庭の仕切り屋ですが、まず女性なんです。いかなる世界にも順応することができる現実派です。

しかし男は、この真に偉大な女性の本質がわからない。甘ったれた男は妻が気位の高い女性であることを忘れて、母親であるかのような錯覚に陥ってしまう。結婚をしながら、女性のことが何もわかっていないんだな。妙な夢ばかり追い求めて、次第に女性とは別世界の住人になってしまう。

結婚した頃のことを忘れなければいいのでしょうが、次第にすれ違いとなり、取り返しがつかなくなって、ついに離婚となる。年金問題をきっかけに、結婚とは何か、男女の関係とは何かを、私はしみじみ考えさせられていますよ」

「何か打つ手はないんですかね、この年金分割問題?」

「女性にも男性にも反省すべき点があると感じます。誰だって、家庭のぬくもり、安らぎの場を求めるでしょう。これは一人じゃできない。夫婦が一緒になってできるんだから。そうでしょう。先生方」

「おっしゃる通りです」

「男性が女性の肌のぬくもりを恋しがるように、女性だって男性の肌のぬくもりを求めると思うんだがなあ。違いますか?」

田岡先生は恥ずかしそうな表情を浮かべた。

「いいことを言うなあ」

遠藤先生が大きく頷きながら、先生方の顔を見つめた。

田岡先生は、腕時計を見た。無理に時間を作ってもらったことを知る唐津先生は、あわてて質問をした。

「ところで、先生、年金分割の相談料はいくらですか」

「相談料は大体一万円です。先生も相談に来られますか」

「私は、もう終わりました。完全にやられました。でも、身の上相談でうかがいたいですね」

「先生なら、お代はいりませんよ」

教室が笑いの渦に包まれた。

田岡先生は、おもむろに礼をすると、教壇を降り始めた。次の約束があるとかで、急ぎ足で教室を後にした。

アメリカの事情――謝罪は敗北

一週間程経った頃、今度は「アメリカの年金分割に関わる離婚」の話を聞くことができるということで、唐津先生から召集の声がかかった。

講師は、アメリカに留学していた中島先生で、帰国後、准教授として勤務していた。

「弁護士の田岡先生の話が面白かったから、今度はアメリカではどんなふうに年金分割が導入され、どんな問題が起こっているかを聞こうと思っていたんだ。丁度、中島先生が快諾してくれてね」

今度は、私と唐津先生と遠藤先生の三人が、中島先生を待つこととなった。

中島先生は五十代前半で、科学を専攻する先生であった。凛々しさを売り物にしている先生と聞いてはいたが、威風堂々とした背格好にその雰囲気が見て取れた。

「田岡先生に比べたら、私はアメリカで見聞したことを話すだけですから、法律の背景もなければ何もありません。その点は、まず承知しておいてください。アメリカで、年金分割が導入されたのは、私が留学していた頃だから、随分と古い話ですよ。いつか日本でも導入されるのではないかと思っていたのですが、遂に来ましたね」

「そうなんです。田岡先生の話もそうでしたが、個人情報の関係がありますから、差し支えのないところでお願いします」

遠藤先生は、中島先生をよく知っていたから、親しげに語りかけた。

「では、当たり障りのないところでよいですね」

「一般論として聞かせてもらえれば充分ですよ」

「わかりました。では三点にしぼって話すことにします」

「さすが、科学の先生だ」と、三人は謙虚な姿勢に驚きながら、要点をまとめて話す中島先生の方へと視線を向けた。

「まず、一つめは、友人であるアメリカの夫婦のこと。二つめは、私の忠告が間違っていたこと。三つめは、年金分割をめぐる裁判と、夫側が裁判に負けたことです。こんなふうなまとめ方でいいでしょうか」

「もちろんです」

唐津先生は、興味を感じたらしく、大きく頷きながら答えた。

「第一の点を話します。私が最初にアメリカに留学していた頃、お付き合いしていたアメリカ人の夫婦がいました。その後も同じ研究をしていましたから、よく学会でお会いし、その夫婦と親しくお付き合いを続けていました。この度の留学も、その友人の大学で共同研究をすることになり、渡米したんです。

ところが、夫婦の関係が以前とまったく違っていました。それどころか、半年もしないうちに、奥さんが家を出て行ってしまったというのです。二人は愛し合っていたんです。お互いを思いやる夫婦関係に、私たち夫婦が当てられっぱなしなほどでした。

最初、別居の原因について、彼は何も話しませんでしたが、段々、寂しさも高じてきたのでしょうかね。酒が入るにつれて愚痴るようになって、家出した奥さんのことを話すようになりました。確か、旦那さんの方は再婚です。奥さんは初婚だと言っていました。過去のことがあるから、彼は人一倍、奥さんに対して気兼ねし、愛情を注いでいました。それが傍目にはっきりとわかるほどでした。

二人の間には、子供はありませんでした。奥さんも働いていました。年齢は一回り若かったかな、奥さんは。若い時はフルタイムで働いていたようですが、結婚後はアルバイトに近い仕事に就いていたようです。真面目な人で、家出をするような人とは思えませんでした。

では、どうして奥さんが家出をしてしまったかです。その原因についても、彼は話してくれました。昔、『クレイマー、クレイマー』という映画がありましたが、あれに似ていると思いましたね。あの映画は子供と夫を捨てて、妻が家出し、自分探しをする映画ですが、彼の奥さんの突然の家出もそんな形かもしれません」

中島先生は、しばらく息を止めて、遠藤先生の方を見た。

「どうも自由を求めるアメリカ女性の気質が出たんじゃないかと、彼も考えていました。アメリカ人は、男性も女性も自立を求めます。これは国民性であり文化ですから、私たち日本人には理解しかねるところです。

ある日、私は彼に呼び出されました。裁判所からの出頭命令が来たというんです。どんな理由の出頭命令かと尋ねたら、彼女の自由と自立の機会が奪われた責任は彼にあるというものだったそうです。

彼女が今の仕事を辞めて、違う仕事に就きたかったことは、前からわかっていたようです。しかし、その仕事は大学の近くにはないし、別の州か大都市へと移り住むしか方法がないと言っていました。そんなことから、話し合ったあげく、最後のところで移住を考える彼女に反対をした。口論にもなったようです。

これはかりは愛情を全面に出しても、説得は不可能だったと正直に打ち明けてくれました」

「自由と自立の方が、愛に優先するってことかな」

遠藤先生が、ノートの上にペンを置きながら言った。

「そういうことになりますね。愛が最善にして最高の価値であるという考えを、アメリカ人は持っています。私が知る限り、そう信じ、それを生活信条としています。近代以降の欧米の社会は、みなそうだと言って良いと思います。

神への愛、もちろん、これが至高の価値です。これを疑う者はいません。しかし、人間の人間に対する愛については微妙に違っていると思います。ましてや男性の女性に対する愛、または女性の男性に対する愛は相対的です。ですから、私の友人のような夫婦の問題が発生することになります。

日本人のように、家族のため、子供や親のために我慢や妥協をすることはしません。子は鎹（かすがい）などという考えは存在しないといって良いと思います。子供のために我慢するのは逆に間違っているとは言いませんが、一般的であるとは言えません。むしろ人間関係において、あるいは社会生活においては、人間に対する愛よりも自由や自立こそが優先されるべきであるというのが欧米社会の考え方です。

恋愛の自由が保障されるように、離婚の自由も保障されてこそ、近代的であると思われています。個人の自由が保障される限り、恋愛と離婚に優先するのが自由であり、自立の精神です。友人の別居は、ここから来ていると思われます。

日本人の発想では、家出した女性は責められるべきでしょうが、アメリカではそうではありません。守られるべきなのです。この場合、日本人は旦那さんの方に同情するでしょうが、アメリカでは逆です。奥さんの自由と自立を阻害した旦那さんこそ責められます」

「ああ、日本と違うんだなあ、アメリカは。先生は貴重な経験をしましたね。日本にいては、そんな考えをする奴はけしからんことになる。しかし、やはり理解に苦しむなあ」

「そこで、第二の点について話したいと思います。友人は私たち夫婦をうらやんだり、日本の文化の方が素晴らしいと言ってみたりしていましたが、ますます深刻になっていきました。意気消沈して深酒をするにつれ、まるで別人のようになって、生きる力を完全に失っていきました」

「それで、忠告を?」

「ええ、唐津先生。見ていて気の毒になってしまったんです。それで、私なりに精一杯のアドバイスをしようと思って、拙(つたな)い日本人の、と言うより私の愚かな意見を述べたんです。私だって、真剣だったんです。何とかして元の鞘(さや)に収まってくれればいいと祈るような気持ちで、こんなふうに言ったんです。

謝ったらいいかがです。実は、聴いてもらいたいことがあるんだ。これから話すことはすべて君のためを思ってのことなんだよ。私の君への愛情は永遠に変わらない。以前にも増して、君を愛する。だから、ここに留まって、一緒に生きて行こう。

とにかく、気を悪くしたのなら、今までのことはすべて謝る。これからも君の分まで、一生懸命に働いて、老後の君の生活が安楽になるようにするつもりだ、神に誓って。

こんなふうに、私は一生懸命にアドバイスをしたんです。友人も私の真剣さに心を打たれたことは表情からわかりました。私はほっとした気分で、友人と別れたことを覚えています」

「私だって、同じ境遇に置かれたら、中島先生のようにしただろう」

遠藤先生は、目を大きく見開きながら言った。

「それで、どうなったんですか」

唐津先生は、遠藤先生の質問を制して、話の続きを聞きたそうにした。

「第三の点について、お話しすることにします。彼から電話で、妻に謝罪し、再起を期そうと告げたという報告がありました。私はほっとして、上手く話が進めばいいなと祈りました。

ところがですね、裁判所への呼び出しに応じて彼が出かけて行ったら、裁判長から、こう言われたそうです。妻にした行為が間違っていたと、あなたは認めたにもかかわらず、このままずっと妻の自由を認めず、職に就かないでほしいと述べた。老後の心配はいらないと言って、自立への意思を阻害した。これらの事実を認めますか。

彼の善意が逆手にとられてしまったのです。

実は、奥さんに伝えた正直な彼の気持ちを、弁護士は裁判長に証拠として挙げてしまったのです。向こうの弁護士は女性解放の闘士らしい女性で、こうした事件には百戦錬磨のやり手だったそうです」

「奥さんは、そこに来ていなかったのですか。来ていたら、どうにかなったでしょうに、ダメだったんですか」

唐津先生が、不満げな声を上げた。

「裁判は、弁護士同士で行ないます。だから、困るんです。当人はまったく出廷する必要はなく、弁護士の考えによってどんどん進められてゆくのです。後で、彼がぼやいたのですが、急なことで、彼は相手弁護士と渡り合えるほど有能な弁護士を見つけられなかったのです。これも致命的だったと、後になってわかりました。

整理しますと、私の忠告が全部、裏目に出たのです。一つは、謝罪したことです。これは自分の過ちを認めたことになります。二つめは、家に居てほしいと願ったことです。彼女を愛しているなら、自由と自立の機会を認めてあげるべきだったのに、家に縛りつけておくということになります。三つめに、彼女の老後のことを考えているから、このまま家にいてほしいと言ったことです。彼女の生涯を自分の思いのままにすると解釈されたのです。

それで、裁判には敗れてしまいました。一度も彼女とは顔を合わせないままで離婚することになったそうです。顔を合わせれば、感情に流され、自由と自立の考え方が犯されることにもなりますから、心を割って話をする機会は持てなかったと言っていました」

「おかしいよ、それ。夫婦の問題だろう。最後まで、夫婦で話をさせ、結論を出させるべきだと、私は思うけどな」

遠藤先生が、激昂気味に言った。

「そんな状態に置かれたら、私だって中島先生と同じようにしただろうな、きっと」

唐津先生が、私に同調を求めるように言った。

「ところで、先生方の知りたいことは、ここからでしょう。つまり、年金分割はどうなったか。実は詳しい数字を私は知りませんが、裁判所の判断で友人が年金を支払う羽目になったことは事実らしいです。家出した奥さんのことを考え、大学の教授である彼の給料が差し押さえられ、生活に困ったと友人は言っていました。自分勝手に給料を下ろせなくされたわけです。

裁判所のお陰で、奥さんは友人の給料も年金ももらえるようになったわけです。過去に奥さんは働いていましたから、年金の半分をもらえるようになったかどうかわかりません。その後、友人は再婚しましたが、これからは、今の奥さんだけでなく前の奥さんにも年金を分割しなければならないのです。土地もそうです」

「複雑怪奇だな、アメリカは」

「そうなんです。ですから、再婚する時、すでに離婚を前提にして、年金をいくら支払うとか、土地をどう分割するとかの契約をした上で再婚するという話もあながち作り話とは言えません。実際に、これは前の奥さんと貯めた貯金だから、分けるわけにはいかないとか、親からの遺産だから、これはダメだといったことで争いになることもあると聞きました」

「別れる時、全部やってしまえば、後腐れがなくいいと思うんだがな」

「気前がいいなあ、先生は。先生のやり方はアメリカでは通用しませんよ。ただし、女性は喜ぶでしょうがね。でも先生、それじゃ、再婚ができませんよ、何もない人のところに女性は来ますかね。苦楽を共にしようなどという考えを理解できる女性は、アメリカにはいないですよ」

「日本にだって、最近はいないぞ。いや、もしかしたら愛がすべてだという女性がどこかにいるかもしれない」

唐津先生が言うと、中島先生も

「そんな女性、いますかね」

と、笑いながら言った。

「こうなると、国際結婚は、気をつけなくてはならないな。特に日本の女性は。しっかりとアメリカの離婚事情も知った上でないと、酷い目に遭わされるぞ。日本の親は、何かあったら家に帰ってこいなどと安易に考えているが、国際結婚をする場合には、離婚することになったら、慰謝料や年金や土地を分けてもらうことを約束させないと損だな」

「そういうことになります。権利や義務を子供の時から、しっかりとたたき込むわけです。自由や自立の背景には、いかに生き残るか、いかに利用されずに生活するかという考え方があるとみたほうがいいでしょうね」

「これは国際関係や外交にも言えるんじゃないか。すぐに謝罪してもダメなものはダメです。日本は謝罪すれば、許してくれると思っている。それが間違い。私は、三行半を言われた時、すぐに謝ったよ。どうにかなると思ってさ。今まで、その手を使って何とかなってきたし」

「ところが、今度ばかりは許してもらえなかった」

「今度ばかりはね」

「日本人は、すぐに謝るけれど」

「日本的なおおらかさも通用しなくなりますよ、これからは」

「その通りだな。手前勝手なことができた時代は終わったんだ。それができた最後の日本人は、私たちかもしれない。これからは、自己責任の時代だな。厳しいぞ。信じるものは裏切られる。裏切られても、責任は自分が負うしかない」

「そうですよ、自己責任の社会がアメリカです。今になってみると、私はアメリカ人夫婦のどちらも責めることはできないと思うようになりました。最初は、奥さんの行為を責めましたが、自由と自立から考えれば、だんだん納得できるようになりました」

「ああ、私の女房も、自由と自立のために私を捨てて家出をしてしまったのか。目出度いのは、この私だな。年金も財産も半分取られてしまったよ。ああ、これからの生活はどうしよう」

「給料までは差し押さえられなかったでしょう」

「ああ、そこまでは。日本の裁判所はまだそこまでしなかったんだ、幸いに」

「これからの日本は、いつの日か、アメリカのようになりますよ。その前兆ですよ、年金分割は」

「これから大変だぞ。男どもは、どうしたらいいだろうかな」

「唐津先生、大丈夫ですよ。日本人は、異文化を吸収して、柔軟に対応する知恵を身につけています。あせらずに、やることです。自然体でゆくしかありませんね」

私は、思わず、妻の顔を思い出しながら言った。声が大きくなっていた。

「そうですよ、少しずつ男が変わればいいんです。もちろん、女だって変わらなくちゃならない。一緒に変わってゆけば、何とかなりますよ」

「大丈夫かなあ」

遠藤先生が私の顔を見ながら不安そうに言った。

「案ずるより産むが易し、です。少しずつ変えていけば、そう大変ではありません。私だって、アメリカの経験が役立っているんです。あの失敗がなかったら、今の私はありません。苦労、辛抱をいとわずに、未来に向かって生きようとする気持ちだけは失わないようにしているんです」

中島先生が帰ると、唐津先生、遠藤先生、私は顔を見合わせた。

「じゃ、ちょっと、一杯飲んで帰ろうか」

「そうですね、仕事を片づけたら、玄関先に集まりましょう」

私もまた酒を酌み交わしたい気分になっていた。

第四話　憂　慮

後悔先に立たず

数日、雨の日が続いた。

会議を終え、研究室へ向かう途中で、私と茂呂先生は唐津先生に呼び止められた。

「突然、親戚の者から、半分ずつの分割には絶対反対なので、もし話し合いがつかなかったら、その場合はどうなるかって尋ねられたんだ。離婚してから二年以内なら訴訟できると答えておいたけれど、それでよかったんだよな」

唐津先生が、背後から茂呂先生の顔をのぞき込むようにして尋ねた。

「それでいいと思います。私も似たような質問を受けました。年金分割の協議といっても、年金を老後の頼みと思っている夫は、必ず抵抗をするはずです、もし話し合いがつかない場合、どうしたらいいんだろうかって。そこで、私は、こう答えておきました。裁判所の調停で家や土地、預貯金などの財産分与とともに分割割合が決まるから心配はいらないって」

「ただ、その時、必ずしも半々とは限らないだろう」

「やっぱり、離婚となると面倒が起こるでしょうね。唐津先生の場合はいかがでした」

「答えにくい質問をしてくれたな。離婚を経験した者にしかわからないさ、この複雑な気持ちは。二度と経験をしたくないよ、まったく。全部、妻の言い分を認めて決めたよ」

「ええ、本当ですか。半分の年金を払ったんですか」

「ああ、払ったよ。貯金も財産も。妻は全部調べ上げていた。逃げようがなかったんだ、正直言って。でも、今となれば、それでよかったと思っている。長い間、辛抱してくれたし、辛い目に遭っただろうからな。せめて、老後くらいは、のんびりとしてほしかったしな」

「男らしいなあ、先生は」

「離婚に、男らしさも何もないよ。捨てられたことだけは確かさ」

「でも、なかなか、そこまでできないですよ」

私が研究室の扉を開けると、茂呂先生も唐津先生も部屋に入ってきた。私は、二人のためにお茶を入れる支度を始めた。

「正直に言えば、何で別れる女房に財産をやらなきゃならないんだという気持ちになったことは事実さ。だからといって、面倒を起こしても結果は同じだろう」

「と言いますと?」

「いや、裁判にかけられ、年金も財産も持って行かれるってことさ。どっちがいい。愛憎を交えて闘うのと、あきらめるのと」

「奥さんは、用意周到、手抜かりなかったんでしたね」

「三十年以上も連れ添ったんだ。その女房と別れるんだぜ。もっと悲しいかと思ったよ。もっと悲しんでくれると考えたよ。彼奴(あいつ)め、あっさりしたものさ。長い間、お世話になりました。体にはお互いに気をつけて長生きしましょうって抜かしやがった」

「あっさりと」

「ああ、別れるって、あっさりとしているもんだ。付き合いが長ければいいってもんじゃない。短い付き合いでも、千顧の憂いをこめて別れを惜しむことだってあると思うんだよな。私の場合は、一陣の風が吹いたみたいに味気なかった」

「夫婦関係って、何でしょうね」

「何だろうな。結婚する時は、あれほど大げさなことをしながら、離婚となるとあっさりとしたもんさ。人生って何だろうな。奇妙キテレツだったよ」

「奥さんの方は心の準備ができていたからでしょうね、きっと」

「そうだろうな。いつか彼奴に聞いてみたいよ。愛情ってなんだったのか。夫婦関係って何だったか」

「答えてくれますかね」

「わからん」

「連絡はないんですか」

「あれからは、まったくないよ。書類のことで、一度、電話連絡があっただけだ。心が通い合わないと、まるで他人のような会話となってしまうな」

「まったく他人のように、ですか」

「ああ、何もかも。離婚すれば、元夫婦といえど、赤の他人だってことがよくわかるよ。すべてが幻想だってことを思い知らされる。ああ、離婚、離婚、離婚」

「やっぱり、そこへ行きますか」

「ああ、思い出した。ボケないようにって言われたな。それが最後の言葉かな」

「ボケないように、ですか？」

そのまま唐津先生を一人置いて帰るわけにはいかず、いつものように三人は酒を酌み交わすこととなった。

別れ際、唐津先生の千鳥足を見た時、私の胸には言いようのない寂しさが込み上げてきた。

再び、眠れぬ夜

唐津先生の研究室で、私の妻の前日の様子を話した。

「先生、昨日、風呂にちょっと長く入っていたら、女房が心配してのぞいたんです、風呂を。大丈夫、あなたって言って、私を気づかったんです」

「はあ、それで」

「だから、女房が私のことを心配しているってことです。今まで、こんなことは一度もなかったんです」

「だから、先生、それがどうしたんです？」

「女房が私のことを心配している、そのことが嬉しくて」

「確か、先生はカラスの行水でしたね。一緒に旅行をした時も、すぐに上がってしまって、もったいないなあと思いましたよ」

「はあ、確かに私はカラスの行水ですが」

「風呂につかって、何か考え事をしていたんでしょう、その時」

「どうして、それを」

「それくらいわかりますよ」

「いつもなら、すぐに上がるんですが、色々と考えることがあって、つい長湯になったんです」

「私にだって、同じ経験がありますよ。私のことが、そんなに心配かなと思って、嬉しくなって、湯上りの後のビールがうまかったな。あの時のことをよく覚えていますよ。しかし、半年したら、離婚話です」

「……ということは？　何がねらいだったんでしょうか」

「先生のことを心配したことは確かだろうけど」

「風呂で倒れているとでも思ったんでしょうか」

「変死となれば、警察や検死が入ったりして、奥さんが大変なことになる。……まさかそれを気づかったわけじゃないだろうな」

「唐津先生。そんなこと考えられません」

「考えるか考えないかは、先生の自由だよ。私の想像だよ、これは」

そこへ茂呂先生が入ってきた。両親の介護をしている奥さんを、施設へ送り届けての帰りであった。

「どうしたんです、難しい顔をして。やっぱり、年金分割の話ですか」

茂呂先生のその言葉で、唐津先生も私も黙りこくってしまった。

私は、風呂をのぞいた妻の行動によって、離婚の危機が遠ざかったと思いたかった。唐津先生に話して聞かせたばっかりに、安心するどころか不安になってしまった。

帰宅した私は、その晩も、長風呂を試みた。ところが、昨夜のように、妻は風呂をのぞきはしなかった。無理をして長風呂をしていたため、風呂から上がった私は気分が悪くなってしまった。いつまでも汗が引かず、廊下をうろうろとした。

妻は、素知らぬ顔をしたままイタリアの映画監督ヴィスコンティの名画『ヴェニスに死す』を観ていた。衛星放送による連日連夜のヴィスコンティ監督の映画鑑賞に、妻はうつつを抜かしていた。

昨夜は、途中で私のことが気にかかったらしかったが、今夜はまったく思い浮かばなかったらしく、振り向きもしなかった。

明日が早いからと言って、私は妻よりも先に床についた。

私は寝つかれずにいた。

妻は風呂に入り、そして床の上でヨガの体操らしき動作を始めた。

「ああ、なかなかいい映画だったわ」

と、妻は独り言をつぶやくと、

「今度は、ヴェニスへ行ってみようかしら」

と言いながら、布団に身を横たえた。

「ええ、ヴェニス？」

その言葉を聞いただけで、完全に睡魔が消え去った。唐津先生から届いたメールの中に、ヴェニスという字があった。離婚したらヴェニスを訪れたい。「まさか妻ではないはずだ」

と、ムキになって否定してみたが、その疑念を晴らすことができなかった。

いくら寝返りを打っても、頭の中に染みついた妻の言葉は、離れなかった。ヴェニスの美しい空と街並みが現われた。家並みは、手を差し伸べると触れそうになる程に狭い道によって繋がれていた。迷いながら、その道を楽しげに歩いている妻の姿があった。

その光景を打ち消そうとして、寝返りを打つと、今度は数人の女性仲間とゴンドラに乗る妻の姿が現われた。ゴンドラを操る若いイタリア人の船頭姿も現われた。若い陽気な船頭の風情は、私ならずとも絵にしたくなるほど魅力的であった。

ユーモアをまったく解さない私と違って、イタリア人には、泣く子も笑わせる陽気さとあどけなさが身についている。アコーディオンに合わせて、カンツォーネを歌う歌手の声は、運河に小波(さざなみ)を起こす程に、甲高(かんだか)く響いた。声は澄んだ青空を突き抜けて、ヴェニスの風景を麗しくした。

妻たち一行の満足げな笑い声と表情は、強度のアルコールを飲まされた時のように、私の全身を熱くした。こうなったら、お仕舞いである。私は目を開いて、真っ暗な天井を見つめた。目が痛くなる程に、しっかりと見つめた。暗闇の中では、恐ろしい程に何も見えない。孤独が怒涛のように押し寄せてきた。

月でも出ていれば、憂さ晴らしに縁側に出て、詩人の萩原朔太郎のように「月に吠える」こともできたが、月影のない夜であった。

「人間は塵に過ぎない」

自分の一切を否定して、無心になろうとした。睡魔が訪れるどころか、むしろ落ち着きを失って気持ちがいらだってきた。自暴自棄になっている自分を、私は知った。

昔を思ってみた。母が枕もとで「眠れない時は、ゆっくり数を数えるといいよ」と言ったのを思い出した。ゆっくりと一から数え始めた。母の顔が思い出された。遠い世界へ導かれて行くような気持ちとなった。私は数え続けた。

すると、今度は母や父がいた頃の風景が現われた。私は、遅くまで遊び、遊び疲れて家路についた。帰路、近所の家々の台所から夕餉の香りがもれてきた。子供の頃、父が働きに出て、母は家にいた。

当時は、今のように、おかずを売る店がなかったから、どの家の母親も食事の支度に精を出した。カマドや台所から湯気がもれてきた。どんな食事か想像できた。私は、前掛けをして台所に立つ母の姿をいつも追っていた。

懐かしさに、食事の香りや味がよみがえってきた。先ほど不安を覚えた暗闇は、すっかり消え果てた。昔の思い出が、灯りのように心地よい風景となって私の頭を満たした。思い出の住人となって、私は布団に包まってじっとしていた。

第五話　性　愛

ボケないために、愛には愛を

遠藤先生が『独居老人の早死』という記事の載った新聞を手にして、茂呂先生や私もいる唐津先生の部屋に入ってきた。

「先生、先ほどはどうも失礼しました。学生の世話で、時間が取れなかったもので、用件をうかがうことができなくて」

指導がうまく、学生から信頼されている遠藤先生は、多くの学生の相談を受け、常に多忙であった。

「そうだ、先生は共働きだから心配はないんだよな」

「何です、急に」

「年金分割のことさ。離婚した場合に、共働きだと、どちらか多い方から少ない方へ分割するんだったな」

「……？」

「先生のところは、奥さんの方が年金は多いんじゃないかな。働くの早かっただろう。先生は晩学だし、遅くまで大学院に通っていたから」

「ああ、年金分割のことですか。先生と同じようなことを、妻が言っていましたよ。きっと長く勤めているから、年金は多いんじゃないかって。私は関心がないから、聞き流してしまいました」

「なあ、先生方、うらやましい話だろう。遠藤先生みたいな身分がいちばんいいな、心配がなくて」

「ところで、唐津先生、私に話って、何のことですか」

と、遠藤先生が改まった調子で言った。

「先生が手にしている記事のことだよ。独居老人の早死——男性は離婚後、孤独に弱く、ボケの進行も早い——。嫌な記事だから、その原因を聴こうと思ったんですよ。ボケになりにくい運動がないかと思ってさ」

「ありますよ。その研究をしているんです。これから大変ですよ、日本は。男性が自立していないから、奥さんに先立たれたり、離婚されたりしたら、一気にボケか早死ですよ」

「おいおい、聞いたかね。この問題も、離婚と関わっているんだ。別れて、ほっとしてたら、今度はボケや早死か」

私は、遠藤先生の手から、新聞を借り受けて目を通しながら言った。

「だから、言ったでしょう。離婚は女性の自立と深い関わりがありますが、実は男の方が深刻なんです。自立を早く促さないと大変なことになりますよ。この新聞の通りです」

すると茂呂先生が、私の読んでいる新聞に顔を近づけながら言った。

「唐津先生は、家庭で、亭主関白でしたか」

「ああ、どちらかというと」

「それは危ないです」

「ええ、どうして？」

「奥さんに何もかもやらせていたんですね。お茶、風呂、寝る、といった生活のことはほとんど。それじゃ……」

「だって、学校で忙しいんだから、家に帰った時くらい、のんびりしたいよ」

「こんな例があります。偉い校長先生が、介護施設に入居したら、プライドが高く、介護士に対して横柄で困ったそうです。絶えず命令をするんですって。かと思うと、食堂の椅子と机を、教室と思うんでしょうね、まっすぐに並べ替えるんだそうです」

「遠藤先生、私がそうなるとでも」

「それはわかりませんが、ボケの人は、まず時間がわからなくなり、次第に場所を忘れ、そして最後に人間関係を忘れます。妻や子の名前を忘れるようになったらお仕舞いです」

「何だか、心配になってきた。まさか私のことを言っているんじゃないだろうね」

思い当たる節のある私も、笑うわけにはいかず、じっと遠藤先生と唐津先生のやりとりに耳を傾けていた。

「唐津先生！」

と、突如、茂呂先生が奇妙な声を上げた。

「私は経験ありませんが、離婚経験のある先生の意見として、離婚してほっとしていますか。それとも何か不自由を」

「茂呂先生の質問は、他の先生も聞きたいことなんでしょう。話しづらいけど、この会の発起人として、避けては通れないかな」

「話せるところだけでもいいですから」

　私の肩をぽんとたたくようにして、唐津先生は立ち上がった。

「煩わしさから解放されたという点では、確かに、そんな気がするよ。しかし、人という字は、支え合っている形になっている。そこからもわかるように、結局、人は支え合って生きることが大事なんだって、今になってわかった。生きるってことは、煩わしさもあるけれど、この煩わしさから解放されることはないってことさ。

　よく考えたら、煩わしさを覚悟して結婚をしたんだよな。結婚した頃は、そんなことを考えもしなかったけれど、今になって考えてみると、妻がいる時は、色々な煩わしさがあったけど、結局、煩わしさも幸せの一部だったってことだな」

「ということは」

「だからさ、茂呂先生、夫と妻がいて、支え合うってことが大事だっていうことを、今頃になって、実感したってことだよ。家庭を持つってことはそういうことじゃないかな。お互いに辛抱し、苦労し、その中から色々なことを学んでゆく」

「じゃ、それを煩わしさと言ったら、変ですよね」

「遠藤先生の言う通りさ。つまり、生きるってことに尽きるよな。煩わしさを煩わしさと思わず、包み込むだけの度量なり技量がないと結婚生活は成り立たないよ。学校や会社だって、そうじゃないか。妥協も必要だよ。特に結婚は相手があることだから、思いやる気持ちがなかったら成立しないよ」

「妥協ってわけですか」

「それって、夫婦関係にはちょっと相応しくないと思うけど」

「妥協とは言ったけど、人間関係は、本当はもっと微妙で、円みたいだと思うよ。お互いの関係に切れ目や裂け目があっても、努力すればいつでも修復できる。それが夫婦っていうもんじゃないかな。助け合うことって、支え合うことと同じかな」

「それがわかっていて、どうして離婚になったんです？」

「後の祭りだよ。突如、宣告されたんだ」

「悲しいですね。許してもらえると思っていたら、急に離婚だなんてことになったら」

「親しい仲にも礼儀が必要なように、夫婦関係においても、遠慮や節度が必要なんだろうな、若い頃は別として」

「夫婦においても、ですか？」

「ああ、特に夫婦って、親子以上に、すべてを見せ合っているんだから、関係は特別じゃないかと思うようになったよ」

「セックスまでするんだから、まさに許し合う関係ですよね」

「だから、ついつい許してもらえると考えて」

「そこに甘えが」

「そうなんだ。そんなことが今までわからなかったんだ。妻に甘えて、研究ばかりをしていたからな。それを妻も誇りと思い、私もすべてが許されると思っていたんだ。ところが、ある時期から、妻は人生について考え始めたんだろうな。そう言えば、生きるって不安だわ、なんて言ったことがあったよ。その時には、私は妻の変化に気づかなかった。それが一番の問題かもしれないな、今となれば」

「話し合ってみたんですか」

「充分ではなかったということだろうな。茂呂先生、今から考えれば、危険信号があったんだろうけれど、まったく気づかなかったんだ、正直言って。研究、研究と言って、理屈をつけ、そこに逃げ込むのが我々教員の悪いところで、私も研究や教育を第一だと言って、適当に妻をあしらっていたんじゃないかな。そうでなければ、離婚を迫られたりしなかったはずさ」

唐津先生は、天井の一点を見つめたまましゃべった。そして最後に、

「離婚すると、張り合いがなくなるぞ」

と、寂しげな表情をした。

男と女は不可解

朝、テレビを観ていると、警察官が卑猥な行為をしたというニュースが流れてきた。新聞を開くと、小学校の教員が若い女性にハレンチな行為をしたという記事が掲載されていた。警察官も教員も定年を前にした、いわば理性も良識も持ち合わせた年齢の人であった。

「今日もなの。……まったく、男の人ってどうしようもないのね」

テーブルに腰を下ろした妻が、テレビのニュースを聴きながら言った。

妻は、毎日、新聞の隅から隅まで読み通すことを楽しみとしていたから、こうしたニュースを覚えていた。

「まったく、困ったものだ」

と、わけのわからないまま、私も妻に相づちを打った。

学校へ行くと、「県でも、教育長を集め、改めて苦言を呈する」ようだとのニュースが流れた。

このことは、茂呂先生の部屋に私や唐津先生が集まった際にも話題となった。

「そう言えば、妻から男って困ったものね、と言われたことがあったよ。男の性癖(くせ)を知っている私は、すまん、すまん、といつも謝るようにしていたんだ」

と、唐津先生が神妙な顔をして言った。

「先生が、どうして謝るんですか」

「妻と同じようなことを言うなあ、茂呂先生は」

「……………」

「男を代表して、謝っているのさ」

「男を代表して?」

「ああ、男って、性で苦しんでいるだろう。それがわからなくて、先生、よく学生の指導ができるなあ。若い男子学生がどんなに性のことで苦しんでいるか、先生にはわかりますか」

「………」

「みんな、若い頃を忘れて、聖人ぶっているけれど、私にはわからんなあ、その態度が。性の力はエネルギーだよ。性の暴力でもある。男って、性のエネルギーに振り回されて、人生を狂わす者だっているだろう。大人になってもそうだろう。

なぜ、定年を前にして男が女狂いをするのか。小・中・高の先生方が、青臭い女子生徒に手を出すのか。大学の先生が、はち切れんばかりの女子大生にうつつを抜かすのか。代議士だってそうだ。警官がそうでしょう。なぜ、なぜ、なぜなのか」

「だから先生は、男性を代表して、奥さんに謝るんですか。関係ないじゃないですか」

「わかってもらえないなあ。私も男だよ。あれをする男と同じ男だよ。だからだよ」

「やっぱり、わからないなあ」

茂呂先生は、狐につままれたような顔をしたまま、私の方を見た。

「いいよ、わかってもらえなくて。永遠にわかってもらえないだろうなあ、この情けなく、アホらしい男の生態を」

「わかりたくもないし、わかりそうもないな、永遠に」

「ああ、人生は終わりだ。人間って忘れる動物だって知っていたけど、これほど酷い物忘れの動物もめずらしい。ああ、青春の苦しみを忘れた男は、人間じゃない」

「じゃ、何だって言うんです。怪物とでも」

「その通りさ。自分の何たるかを知らない人間は、人の何たるかがわからない。性の何たるかを知らなければ、男の何たるかがわからない」

唐津先生は、アヘンでも嗅いだように夢中になってしゃべった。


「じゃ、先生、こうしましょう。先生は男の何たるかはご存知でしょうから、今度は女の何たるかを話しましょう」

と、茂呂先生が提案した。

「男の何たるかがわからないで、あの奇妙キテレツな女のことなんかわかるか」

「奇妙キテレツですか」

「ああ、そうだ。女房に逃げられた私が言うんだから間違いない。女なんて、わけがわからん。神か仏か知らないが、試練を課したんだ。人生を学べとな。摩訶不思議な人生に女はいらん。孤独、憂鬱、悲哀、不安、それから」

「それから、何です?」

「やっぱり、女か」

「そう思うでしょう。女性は女神です。魂の癒しです。心の原風景です」

「何だね、それって」

「女性の優しさや麗しさを理解していない男が多すぎるんですよ。だから、女性の反乱が起こったんです。年金分割は当たり前です。か弱い女性を男性が理解していないから、こんなことになったんです」

「おいおい、ちょっと待てよ。どこの誰がか弱いんだって。女がか弱い。ふざけるな、うちの女房は、一度だって私より弱かったことはないぞ。最初はいかにもか弱そうな振りをしていたが、いつの間にか私を愚弄したんだ。ふてぶてしい姿ったら、路上に寝ている犬そっくりだよ。図々しさといったら、廊下に寝ている猫みたいだよ」

「そりゃ、言い過ぎじゃないですか」

「いや、女は宇宙人さ。元々、住む世界が違うんだ」

「そんな女性と、なぜ結婚したんですか」

「この世は不可解さ。衝動的に結婚をしたんだ。男は寂しがり屋だからさ。一人じゃ生きていけないんだ。強がりを言っても、所詮は寂しがり屋」

「そんな弱音を吐くから、離婚されるんですよ。先生、奥さんを愛していたんでしょう」

「愛していたかって？　懐かしい言葉だなあ。そう、昔は愛という言葉に関心があったな。今となっては、何もかもお仕舞いさ」

「そんな言い方はしないでください」

「正直に言ったまでさ」

「しっかりと女性を守る社会こそ、近代的だと私は思うんですが」

「何だね、その近代的って？」

「弱者を思いやる社会ってことですよ。老後を迎え、将来への不安にかられた女性が生きてゆく手段として、年金分割は必要不可欠です。せめて、年金で将来を保証してあげましょうよ」

「先生はロマンチストだな。最初から、女性はか弱いって決めつけているんだから。今の私には、女性がか弱いなんていう感じはまったくないな。むしろ女性は強い。どんな逆境でも女性は生きてゆける。男にはそれができない。男こそ、臆病で、脆弱で、病気にかかれば、すぐに死んでしまう」

「そうですかね。私にはそうは思えません」

「女は鋼のように強い。ちょっとやそっとでは死なない。むしろ強くなって、そのたくましさと言ったら、怪物のようさ」

「女性は繊細ですよ」

「いいなあ、先生は。そう信じることができて」

「女性は弱者だから、年金分割が必要なんです。黙っていれば、男は女性に年金を支払わずに済ませてしまいます。逆に、逃げたりして責任を回避してしまいます。一生懸命に家族を支えてきた妻たちの悲劇を何とか終わらせないと」

「わかったよ。このままだと、いくら言っても平行線だ。また、いつかゆっくりと話そう。男が強いか、女がか弱いか。私の気持ちは、一度、敗れた者にしかわからんよ」

唐津先生は、椅子から立ち上がった。すると、暗闇が迫る窓をのぞくようにして、私の方を見た。

茂呂先生と唐津先生の後に従う形で、私は歩いた。今日の議論は、茂呂先生と唐津先生の対決であった。

一見すると男性が強いように見えるが、私には女性の方がはるかに強く、たくましく思えた。

性への関心

「先日の議論では、茂呂先生に負けたような気がするが、性についてはどうだろうね」

「性についてですか」

と、私は唐津先生の真意を確かめるようにして見つめた。

「そう、性についてだよ。あまりに直接的な話だが、避けて通れないだろう、この話も」

私と唐津先生は、委員会を終えてキャンパスを歩き出した。目の前に、大きな樫の木が茂っていた。その下を歩きながら、

「難しいテーマですね」

と、額に皺を寄せながら言った。

「考えようによってはね。ロマンチックな話ではなく、現実的な問題だよ。……ところで、先生の奥さんは、何歳だっけ」

「何ですか、急に」

「いや、ちょっとね。年金分割と関係があるんだ。離婚ともね」

「四十五歳かな」

「四十五歳か。じゃ、終わったな。まだあるかな」

「何のことですか」

「メンスのことだよ」

「私の妻は、まだ四十五歳ですよ。まだ、ありますよ」

「私の女房は、四十五歳であれがなくなったから。そうか、個人差があるんだなあ。これは申し訳ないことを言った」

「心理的な苦労が多いと、早くなくなることがあると聞いたことがあります。それが、どうしたんですか？」

「妻にメンスがなくなってから、私が必要なくなったんだ、この私が。それまでは、月に一度は私を求めたりしていたが、その後は、やっと女を卒業して、これで人間らしくなれたと言って喜んでいたよ」

「メンスがなくなると、男が必要でなくなるんですか」

「知らなかったのかね？」

「はあ」

「私も知らなかったが、女房から聞いて知ったんだ」

「……」

「女性が全部そうなるとは限らないが、一般的にはそうらしい。だって、そうだろう。卵子が出なくなるんだから。性交の必要がなくなったということじゃないか。生物である人間の宿命じゃないかな」

「それと離婚と、どういう関係があるんですか」

「もう、私が必要ないってことだろうな」

「まさか。北欧の研究者の話を聞いたんですが、あちらでは可能な限り、ホルモン剤（栄養補給剤）を使って、女性であることを引き延ばすんですって」

「へえ、先生、どうしてそんなことを。先生は開けているんだなあ。私より、ずっと進んでいる」

「あちらの方が、性に貪欲だっていうことですよ。その点、日本人はダメですね」

「日本人は、女房を性の道具として考える風潮はあまりないんじゃないかな。実際のところはどんなもんだろう」

「いつまでも性に悩む男たちも哀れですが、まったく性を忘れ去ってしまうのも寂しいですよね」

「ちょっと待った。私は元々、生粋の日本人だから、あれは淡泊なんだ。先生は？」

「さあ、私もそうだと思います」

「それじゃ、ダメだ。しっかりしないと、私みたいになるぞ」

「離婚ですか？」

「ああ、間違いないな。もっと頑張らなきゃ、若いんだから」

「あれがなくなったら、すっきりするんじゃないですかね」

「寂しいぞ、まったく女房が振り向きもしなくなるから。メンスがなくなったということは、男を必要としなくなったっていうことだよ」

「だからって離婚になるなんて、問題は他にあったんじゃないですか」

「うーん」

「あれだけが、夫婦関係にとってすべてじゃないでしょう」

「そうだけどさ。男と女の関係は、あれの程度によっても証明されるって言うよ」

「若い時の話でしょう、それって。年を取れば、もっと他の理由が」

「確かに、私に責任があったさ。今となったら、反省ばかり……。今さら、女房を責めても仕方がないよ。女房を責める前に、自分を責めることが大事だよな」

「何です。急に、しおらしくなって」

「こんなことをよく言われたよ。あなたって、酒好きで計画性がまったくないわね。育児や家庭のことは手伝ってくれず、友人や学生と飲み歩き、車のローンが残っているのに新車を買うし、将来が心配だわ。

　結婚してから、私、ふっとあなたに疑問を感じることがあったの。子供が生まれたら、あなたの生活態度や考え方が変わるだろうって思っていたけど、三つ子の魂百までって、昔の人はうまいことを言うわね、だってさ。あの時、酔っぱらっていたから聞き流していたが、今にして思えば、危険信号だったんだ。私はまったく変わっていない、今も昔のままだ」

「先生、それ、私のことですか。私も教育だとか研究だとかを理由にして、ごみ捨てとか料理とか掃除、洗濯とか、妻の手伝いをよくさぼりましたから」

「違うよ、これは私自身のことだよ。先生もそうだとすると、危ないな。離婚には色々な合図があるらしい。気をつけることだな」

　唐津先生と別れた後、私の足取りは急に重くなった。唐津先生が私のことを言っているように思えてならなかった。

家に帰ると、テーブルの上に新聞が置いてあった。

妻が先ほどまで読んでいたらしい。社会欄の「身の上相談」の箇所が開いたままであった。

席についた私は、妻が台所で食事の支度をしている間に、そっと記事に目を通した。

見出しは、「私の性欲　妻が拒否」となっていた。

私は、どきっとした。

「まさか、私に読ませようと思っているわけではあるまい」と思いつつ、生徒が先生の目を盗むようにして、記事を読み始めた。

六十代前半の男の相談であった。

「妻とは、恋愛結婚です。しかし数年前から妻とセックスがありません。私がいくら求めても、妻は病気だと言って応じてくれません」

ここまで読むと、妻がお盆に皿を載せて、テーブルへ近づいてくる気配がした。

私は、あわてて一面の政治欄へ目をやった。

妻が、再び台所へ戻って行った。今度は時間の掛かりそうな料理の支度を始めた。

私は、それとばかりに身の上相談の欄を開いた。

「妻は病気の気配がまったくありません。普通の生活をしています。食事は、私の倍は食べます。そんな妻は、私の相手をしてくれてもよさそうなものです。それが夫婦であり、妻の役割だと信じます」

台所から、

「あなた、今日は学校で何かあったの」

と、妻の声がした。

「………」

「あなた、聞いている？」

と、再び声がした。

「聞こえているよ」

「なら、返事をして」

「ああ、何もなかったよ」

と私が言うと、妻は安心したように食事の支度を続けた。

私の目は、泳ぐようにして、再び記事を追った。

「仕方なしに、私はレンタルのアダルト・ビデオを観るようになりました。ある時、急に妻が部屋に入ってきました。ビデオに夢中になっている私を見るなり、男って汚らわしいわね、と吐き捨て部屋を出て行きました。まるで私を汚らわしい動物でも眺めるかのような態度でした」

台所から聞こえる音が止む度に、私は妻の気配に聞き耳を立てた。

六十代前半の男は、正直に三つの質問をしていた。

「六十を過ぎると普通はセックスをしないのでしょうか。アダルト・ビデオを観るのは異常でしょうか。妻が正常で、私が異常なのでしょうか」

質問への回答者は、女性の作家であった。さっと目を通した私の脳裏に、次のような言葉が残った。

「奥さんも旦那さんも、異常ではありません。人によりますが、男性は幾つになっても性に関心を持ちます。女性は、人によりますが、一定の年齢になると性への関心が薄れます。この事実をどう捉え、夫婦の関係を維持するかが大事です。恋愛結婚で結ばれたお二人ですから、お互いに惚れ直すことを試みるべきです。言葉遣いやちょっとした仕草の中に、お互いの気持ちを読み解く努力が効果的です。

人生に、愛は欠かせません。肉体の関係ばかりでなく、精神的な関係を築いてゆくことを心掛けてください。エロスの力があれば、夫婦の関係は濃密となります。お互いに尊敬し合い、愛を成就するのが夫婦です」

妻が、お盆に食事を載せて運んできた。私は、新聞を折りたたんだ。二度と再び、新聞記事を読む気になれなかった。

私が回答者なら、こう言うはずだ。

「二人でロマンチックな映画を観るといい。歳相応のセックスがある。セックスのない人生なんか、スパイスのないフランス料理みたいなものだ。お互いに、もっともっと工夫して頑張れ。女性は、もっと男を学べ。男は、もっと真剣に女性を知り、その性（さが）を悟れ」

いつの間にか、妻が食卓についていた。

「どうしたの。いつになく真剣な顔をして。料理が冷めるわよ」

妻は、ちらっと私の顔を見ると、天真爛漫な表情をして料理を口に運んだ。

「この料理、初めて作ったの。味のほうはどうかしら」

と、妻が私の方を見て言った。

「うまい、うまい。最高だ」

目で料理を楽しみながら、私は言った。

味が薄かった。今さら何を言っても始まらなかった。


ふっと、私の脳裏に、昔の光景が思い浮かんだ。

幼い子供と私たち夫婦が、外食しようと決めた瞬間であった。

「どんな料理がいちばん好きかな。今までで、何がいちばん美味しかったかな」と、私が尋ねてみた。「マクドナルド！　マクドナルド！」と、子供たちが異口同音に答えたのである。

妻の表情が、氷のように青ざめた。

妻は、しばらく声を失った。

「お父さんは、お母さんの料理が一番だと思うな。地球上でいちばん美味しい料理は、お母さんの手料理だ。お母さんこそ料理の名人だ」

と、私はわけのわからない言い方をした。

「僕も、お母さんの料理がいちばん好き」

「私も、大好き」

と、子供たちが私に合わせてくれた。

女房の表情が、台風一過の秋空のように明るくなった。

「みんな、今日は好きなものを食べていいわよ」

妻は、るんるん気分となって車の人となった。

私は複雑な気持ちであった。子供たちにとって、お母さんとは私の妻であった。私にとって、お母さんとは年取った母親のことであった。

妻の横顔を見たら、何も言えなかった。

「結婚して良かったわ。かわいい子供に恵まれて。その上、家族で外食ができるなんて。夕食の支度から解放されて最高だわ」という表情をしていたからである。

第六話　逃　避

夫の年収と妻の満足度は反比例？

夜はこわい、恐ろしい。

その晩、私は玄関で私を出迎える妻の表情を見て感じた。

「遅いわね、今日も」

妻は、喉の奥からしぼり出すような太い声で言った。

私が差し出したカバンを、妻は受け取ろうとはしなかった。

黙ったまま靴を脱ぐと、カバンをさげたまま妻の後を追って、私はそっと廊下を歩いて居間に向かう。

「これで、四日目ね、遅いのは」

居間に入っても、妻は私の顔を見ないまま言った。

「今日は、研究会の夜の会があったんだ。出かける時に言っただろう」

学生とのコンパや委員会の夜の会合、唐津先生との飲み会など、連続して四日ほど外食の日々が続いた。

「あなたの健康が心配なだけ。コレステロール値や中性脂肪値が高いってこと、忘れたの。体重だって増え続けているでしょう」

妻は、すでに食事を終えている。テーブルの上はきれいに片付けられている。

私は一人、部屋に入って着替えをする。ふっと、鼻歌が出てしまったことに気づいて、私はあわてて口をつぐむ。

「お茶を入れましょうか。随分と酔っているわね。ご機嫌ね、鼻歌を歌ったりして」

妻は、テーブルに座った私の前に湯飲みを置くと、ポットから急須にお湯を注いだ。

「夫の収入と妻の満足度は反比例するんですって」

と、お茶を注ぎながら妻は言った。

「………」

「聞いている？」

「比例？　反比例？」

よく聞き取れなかった私は、めったに耳にしたことのない妻の言葉に面食らって、聞き返した。

「………」

妻は壁の方を見たまま、黙っている。

「怒っているのか」

「………」

「何とか言えよ」

「一人で食事をするって、あなたも経験してみたらどうかしら、寂しいわよ。これで四日目ね」

「明日は、帰ってくるよ」

「前にも、そう言っていたわね。夕方になれば、用事ができたからって、電話連絡ですませてしまう。こんな生活はもうこりごり」

妻の視線は、なおも一点に集中したままである。

「悪かったよ」

私は、いつものように先に謝る。こじれたら大変である。こじれた関係は修復が不可能である。謝って、じっと妻の気持ちがおさまるのを待つしかない。

「いつも、その手を使うのね。明日のことだけど、手帳には明日も〝夜に会議〟って書いてあるわよ」

「………」

私の脳裏に、幼い時に母に叱られた情景が思い浮かぶ。夕食を食べさせてもらえず、泣きわめいた日のことが頭をよぎる。

「私、何を信じたらいいのよ」

「………」

脳裏に、母に逆らって親父からどやしつけられた日のことがよぎる。父もまた、母とのケンカでは、最後になると形勢が逆転して、黙りこくることが多かった。

「昔は時間があって、あちこちを出歩いたわね。覚えているかしら、よく家族で出かけた日のこと。確かに、今は給料も上がって、お金の心配がなくて有り難いけど、子供は成長してしまって家にはいない。今は二人っきりの生活でしょ。

ところが、まったく時間がない。お金があっても使う時間がないじゃない。私にとって、時間がどんなに大切かって、しみじみと思うの。地位が上がって、ストレスがひどくて、あなたの体だって病気だらけでしょ。

それなのに、まったく時間が取れないで、徹底して治療にも当たれない。体を悪くしてまで仕事をしなければならないの？　生きるって、もっと違う気がするの。これって私の責任かしら」

「いや、私の責任だよ⁉」

「だったら少しは考えて。結婚生活って、一緒に夢を追い求めることだって言ったのは、あなたでしょ。あれは嘘だったの。嘘ならそうと言って頂戴。私、驚かないから」

いちばん恐れていた言葉を私は耳にした。改めて妻の口から言われると、何とも情けなく、居場所がなくなると感じるほどに悲しくなってしまった。

「ねえ、どうしたの。黙っていてはわからないわ」

「………」

こういう時は黙っているしかない。反論しようものなら、爆弾が破裂するような悲惨な目に遭う。君子（？）危うきに近寄らず、である。これまで生きてきて、特に妻との生活において多くの教訓を得た。

男とのケンカなら負けるわけにはいかないが、妻との関係においては、台風や暴風との闘いと思ったほうがいい。負けるに決まっている。勝つからやれ、と言われても、絶対に逃げるべきである。

それほどに、妻は恐ろしい。逆らったばかりに、母から食事を与えられず、寒空でじっとしていた頃のことが、教訓として痛いほど身についている。泣き明かした日々のことが忘れられない。

許してもらえそうになった時、つい「くそー」と自らの不甲斐なさを責める言葉を吐いたら、母は自分に対して言われたものと思い、「まだ反省が足りない!」と、玄関先から外へ追い出されたことがあった。あの教訓は生かさなければならない。

「ねえ、あなた。さっきから、何をぶつぶつ言っているの。……わかるかしら、私の言っていることが」

「ああ、わかるよ。私が悪い。すべて私が間違っていた」

「なら、どうして同じことをするの。わかっていながら、同じことをするあなたが信じられないわ」

「許してくれ、悪かった」

「もう聞き飽きたわ、その言葉。また同じことをするために謝っているようなものだわ。本当に、始末が悪い」

「もう言わないでくれ、これ以上。心から謝っているだろう」

「心から？　前にもそう言ったわよ」

「もう、二度と」

「まるで、子供ね。あなたっていう人は！」

妻は、天井を見つめた。妻の大きなため息が、壊れた水道の蛇口からあふれる水のように漏れてきた。

我慢、妥協、あきらめ（その一）

人生は生きるに値する。

そう思って私は生きてきた。かと言って、人生がわかっているかと問われたら、「何も」わかっていない。実際に、右と左の区別はできるが、小さい時からそう教えられたから、馬鹿みたいに左手を出して、「こちらが左」と答え続けるだけである。

誰かが「それは違う。左はこっちだ」と言い張って、右手を出し続けたら、いい加減な私は、右が左、左が右と言い始めるだろう。つまり、どちらが右で、どちらが左でも構わないのである。自分に都合がよければ、それでよいのである。

歩いている時、綺麗な所があれば立ち寄り、美しい所があれば佇み、時間の経つのを忘れて、うっとりと下世話な世界から解放されていたいだけである。


結婚は素晴らしいものである。

そう思って、私は結婚をした。かと言って、幸せかどうかと尋ねられたら、何と答えたらいいだろう。「幸せだよ」と言えば、聞いた人はすべて安心するはずだ。人を安心させるには、「幸せだ。幸福だ」と言い続ければよい気がする。

先日も学生から「先生は幸せそうですね」などと言われて、あわてたことがある。この時ばかりは嘘を言うわけにはいかない。

「幸せって何だね」

「先生、幸せじゃないんですか」

「だからさ、幸せって何だって聞いているんだよ」

「家庭生活がうまくいっていることじゃないですか」

「ああ、そうか。君の幸せって、家庭のことなんだね」

「だって、家庭生活が基本でしょう。家庭が荒れていたら、幸福なんて言っていられないでしょう」

「家庭と幸福が結びつくのかね。家庭が荒れていたら幸福じゃないって言い切れるかなあ」

「先生、家庭に幸福がなくて、どうして結婚をしたんですか。私には、そこがわかりません。幸福を夢見て、結婚をしたんじゃないんですか」

「ああ、確かに、若い時はそうだった。結婚をして家庭を持てば、幸福になれるんじゃないかとね。ところが」

「ところが、何ですか？　幸福じゃなかったとでも」

「これ以上言うと、君が結婚に絶望してしまうと困るから、これくらいにしておこう」

「何だか先生の言葉を聞いていると、奥さんとの関係がうまくいっていないみたいですよ」

「そう聞こえるか。なら、なおのこと、この話はこれくらいにしておこう」

学生は困った顔をした私を見て、それ以上の質問をしてこなかった。純粋な学生の夢を壊したくなかった私は、そっと、逃げるようにしてその場を立ち去った。

帰宅すると、いきなり「子供のことなんだけど」と言って、玄関先から妻が何か言い始めた。

「どうしたんだ？」

「お金を送ってほしいんですって」

「先日、送ったばかりじゃないか」

「前のは、ヨット部の合宿費だったわね。今度は、遠征らしいの」

「遠征？　何だ、それ！」

「他大学との交流試合だとか」

「勉強もしないで、クラブ活動ばかりやっていて、大丈夫か」

「あなたから言ってくれない。私の言うことなんか聞かないの」

「甘やかすから、そうなるんだ」

「あら、私の責任だって言うの。あなたには責任がないの。一度も、あの子の所へ行ったことがないでしょう。文句を言う前に、あの子のことを真剣に考えてみたら」

「………」

妻は、急に不機嫌となった。

台所へ引っ込むと、私の着替えを手伝いもせず、食事の支度に取りかかった。時おり、水道から流れる水の音がしたが、妻の不機嫌さとあいまって、部屋全体が不気味な雰囲気へ変わってゆくことが感じ取れた。

「まったく、最近のあなたって、自分勝手なことばかり言うのね。気が短くなったし、私の気持ちを少しもわかってくれない。昔はこんなじゃなかったわ」

「………」

「黙っていろっていうことなのね」

「………」

「我慢しろっていうことね」

「………」

「あきらめろってことね」

「………」

「我慢、妥協、あきらめ……。これからの人生って、こういうことかしら。話を聞いてもらうこともなくなったのね。私が何か少しでも言うと、黙っていろっていう感じで、私のことも子供のこともわかろうとしない」

「そんなことはないよ」

「毎日が色あせてゆく」

食卓に座って妻と向き合う格好となったが、まるで砂を噛むような食事となってしまった。

「昔は、もっと時間があって、お互いによく話し合ったわね」

妻は、箸を置くと、ぽつりと言った。その声は、まるで地獄からでも響いてくるような低い声であった。

「今だって、変わっていないよ」

と、私は何気なさを装って味噌汁を口にする。

「まったく別人よ、今のあなたは」

「小さなことで、そう怒るな」

「小さなこと？　これが小さなこと。じゃ、あなた、大きなことって何なの。家のことは、小さなことなの。ひとつひとつが重大なことだと思うわ、私」

「わかった、わかった」

「何もわかっていないわ。今のあなたには、何を言っても無駄なようね」

「……………」

「小さなことだけど、子供のこと、あなたに任せるわ。考えてあげて。私はもうたくさん」

食事が済むと、妻はさっさと食卓の上を片付け始めた。

沈黙は、大地を凍えさせるように部屋中に満ちた。

我慢、妥協、あきらめ（その二）

「我慢、妥協、あきらめ」妻がつぶやいた言葉は、一晩中、私の脳裏から消えることはなかった。

「夫婦なんて、所詮、そんなもんだよ」とも思ってみた。すると、気の抜けたサイダーみたいにさっぱりした気分となった。それで眠れるかと思ったら、逆に再び苦虫を嚙みつぶしたような妻の顔が頭をかすめて、眠気を奪われてしまった。

朝が来ると、私のことが気になったらしく、妻が起き上がってきた。

「昨夜は悪かったよ」

タオルで顔を拭きながら、あっさりと私は妻の後ろ姿に向かって言った。

妻は、味噌汁を作る支度のために、水道の蛇口をひねるところであった。

「いいのよ、いつものことだから。でも、昨夜のことは忘れないでね。子供のことは頼んだわよ。あなたの方から、ヨットの交流試合なんか出場しないで、勉強をしなさいって言ってください」

「困ったなあ。今日は忙しいんだ。お金を振り込んでいる暇なんかない。頼む、お金を振り込んでくれ」

「私が？」

「なあ、頼むよ」

「やっぱり、振り込む役なのね、私が。そんなら、最初から変なことを言わなければいいのに」

「悪かった！　謝るよ」

味噌汁を口にした私は、ふっと思った。

「我慢、妥協、あきらめ」は、私のセリフだ。

味噌汁の味が甘い。結婚した時から感じてきたが、新婚の頃は浮き浮きとしていたから、余計なことは一切言わないで済んだ。

かつて唐津先生が口にしたことが現実味を帯びて、私に迫ってきた。歳を重ねるにつれ、私の気持ちが「三つ子の魂百まで」という諺通りになってきた。お袋の味噌汁の味が懐かしくて仕方がない。やっぱり、妻の味噌汁はうまくない。お袋の味が一番だ。

結婚してまもなく、「味が薄いんじゃないか」と妻に言ったことがあった。

「……………」

妻の眼光が鋭くなった。

「味噌汁の味が」

「薄味の方が、あなたの体にはいいのよ」

それきり、私は味噌汁の味のことを口にすることはなかった。

だが、歳を取るにつれ、お袋の味が恋しくなった。

このことが何を意味するのかわからないでいたが、その朝に限って、私は味噌汁の味にこだわるようになっていた。

お袋が台所に立って、湯気の立ち上る味噌汁をお盆に載せて運んでくる姿がよみがえってきた。そして、ちゃぶ台の上に、味噌汁のお椀を並べるお袋の横顔までが思い浮かんできた。

「これはダメだ」と自分に言い聞かせながら、お袋の姿も味噌汁の味も、脳裏から振り払おうとしたが、逆に懐かしくよみがえって仕方がない。

「我慢、妥協、あきらめ」という言葉は、妻なんかじゃなく、私にこそ相応しいんだ。

今までに、どれほど妻に気兼ねしてきたことか。嫌いなことも嫌いと言えず、おいしくもない味噌汁をまずいとも言えずに飲み続けてきた。

「お袋が作ってくれた味噌汁が飲みたい」などと言おうものなら、ケンカの山が出来てしまう。お袋に「味噌汁を作ってくれ」などと言っても、歳を取りすぎてしまったお袋には、味噌汁を作る力がない。

このまま、じっと我慢をし続けることが家庭の幸福というのだろうか。

一度くらいは、妻に正直な気持ちを伝えて、それを話題にすることが大人というものだろうか。

結婚をするってことは、「あきらめることなんだ」というセリフを思い出して、私は甘い味噌汁を飲み干した。

　やっぱり満足感がない。

　ご飯がうまく食べられない。

「何だ、だらしがない。どんどん言えよ。男だろう」という声が夢幻のように響いてきた。私がだらしがないのではない。私の今の気持ちは、味覚や感性の原点へ戻るもっとも人間らしい食文化の哲学からきている。

「それなら、離婚をして、自分で好きな味噌汁を作ればいいじゃないか」という声も聞こえてきた。

　これは、もっともな話である。気兼ねをして生き続けるのなら、いっそ離婚したほうが幸せかもしれない。うまくもない味噌汁を飲み続けるってことは、拷問に遭っていると同じである。

　一杯の味噌汁をめぐって離婚をするのも悪くはない。味噌汁一杯に賭ける人生があってもいいはずだ。砂をかむようにして、日々を過ごす私の苦しみを考えてほしい。

　妻から何か言われれば、恐ろしくて子供のように黙ってしまう。何とだらしのない男だろう。

手にした味噌汁を、「こんなまずい味噌汁が飲めるか」と怒鳴ってみるのも面白そうだ。味噌汁のお椀を外へ放り投げたい気持ちに駆られた。お椀を外へ放り出したら、どうなるだろうか。

そんなことは、到底私にはできない。後の始末を想像しただけで、身の毛がよだつ。できることと言ったら、じっと「我慢する」「妥協する」「あきらめる」ことくらいである。昔の人はうまいことを言ったものだ。結婚とは我慢すること。結婚とは妥協すること。結婚とはあきらめること。

「いいか、妻よ。耳の穴をかっぽじって、よく聞け。私は結婚が我慢、妥協、あきらめなどとは言わないぞ。一度、言ったらお仕舞いだからだ」

私は妻の横顔を見た。

妻は、味噌汁をおいしそうに味わうところであった。

「妻よ、よく聞け。我慢、妥協、あきらめなどとお前はすぐに言う。私は決して言わないぞ。離婚が恐いんじゃない。食事を作ってもらえなくなることが恐ろしいんじゃない」

人生は、「我慢、妥協、あきらめ」の言葉に尽きる。

私は男らしく生きたいんだ。男らしいプライドを失いたくないんだ。

立ち上がると、私はいつもと変わらぬように、そっと静かに家を出た。

「結婚なんて、はずみなんだ。運命の糸で結ばれたなんていうのは小説の中での作り話だ。幸福の女神なんか、この世に存在しない。愚かしい人間の一生なんか、味噌汁一杯の味に劣る」

風が、私の顔をなでるようにして吹いた。有り難いと、私は思った。

「お前なんかに、私の苦しみがわかってたまるか。私は、人生の苦労を一身に背負って生きているんだ。人類の祖先であるアダムとイブが楽園を追放されて以来、負わされた人生の苦難。追放や孤独。虐げられた者の哀れさ。お前にゃわからんだろう、この人生の悲哀が。まあ、今日は、これくらいにしておこう。また、ボロが出るといけない」

呼吸を整えようとして、私は大きく息を吸った。

「妻よ、我慢、妥協、あきらめなんてことは、とうの昔に気づいていた。しかし、私は男だ。言わなかっただけだ。人生がわかっているからだ。それに、一言でも言おうものなら、すべてがパーになる。それが怖いからだ。賢者は愚者に逆らわない」

太陽のまぶしさが目を射た。心の奥底を見透かされているようで、私は目を閉じたまま じっと心を澄ませた。

我慢、妥協、あきらめ（その三）

私は、「父と息子」の関係を「我慢、妥協、あきらめ」ということに絡めて考えてみた。

息子のことを話題にされると、男は弱い。「あの子ったら、あなたそっくりね」などと妻からよく言われる。他人から言われると、嬉しさと恥ずかしさとで照れるが、妻から言われると、穴があれば入りたくなってしまう。

「よお、待たせたな。少し、会合が延びてしまって悪かった」

東京駅の改札口で、息子と待ち合わせをした私は、はらはらしながら駅へと向かったのである。会合が遅れたばかりか、電車もひとつ遅れてしまった。

息子はまるで漫画にでも出てくるような派手な格好をしていた。自分が若い頃は、親父の目を盗んで好き勝手なことをしていたくせに、今になると息子の服装が気になった。ごく当たり前の服装をしていれば何でもないが、少し奇抜な色のシャツとズボンを組み合わせた息子が気にくわなかった。

連れ立って、地下街へと降りていった。

「腹が減っているだろう。好きなものを注文していいぞ」

腰掛けるなり、私は言った。

息子は、妻とならば好き勝手なものを注文するくせに、私の時には遠慮がちとなった。妻は息子を可愛がりすぎていた。その分、私が厳しく当たったった。今になって反省しても遅かった。息子の心の中に芽生えた私に対する感情は、胡散臭いものにでも接するような態度となって現われた。

「お父さんが決めてよ」

と言って、息子はメニューを私の方へ差し出してきた。

「一杯飲むか。少し早いけれど」

「僕は止めておくよ。これから友達と会うから。お父さんは飲んだら」

「そうか、私は注文するかな」

息子との距離を縮めるには、酒の力も必要であった。

「ヨットの交流試合はどうだった？」

「負けたよ」

そう言うと、息子は顔を外の方へと向けた。通路には人混みの中を行き交う人々の姿が見えた。

「そうか、負けたか。でも、頑張ったんだろう」

「うーん、お金をありがとう。助かったよ」

「お母さんが心配して、すぐに送ったんだ。勝ったら喜んだだろうな」

「今度は、負けないよ」

「今度って？　もう就職活動で忙しくて、練習はできないだろう」

「すぐに就職をしなくちゃダメかなあ」

「どういうことだ？」

「ちょっと、考えることがあってさ」

「考える？」

「ああ」

「就職のことで出かけてきたんだぞ。会ってその話をしたかったんだ。お母さんも心配しているぞ」

「お母さんには電話で話しておいたよ。やりたいことがあるんだ。一年、時間を欲しいんだよ」

「お母さんは、何と言っていた？」

「どうしてもと言うんなら、やり通してみたらって」

「ほんとに、そう言ったのか？」

「私に先に相談をしてほしかったな。お前のことが心配だから、知り合いの会社に頼んでみたんだぞ。いい会社で、ここずっと伸びているんだ。海外にも積極的に進出をしているし、将来性は充分だ」

「……お父さんこそ、僕に相談してほしかったなあ。僕の一生に関わることなんだから」

私は黙り込んでしまった。怒るにも怒れなかった。


私は息子と別れた。息子は、あわただしく電車に乗り込んで行った。

一人寂しく私は銀座通りへと出た。人混みを慕って歩いた。

息子の言葉が思い出されてきた。

「お小遣いを少しやろうか」

「いいよ、お母さんからもらったから」

「そうか」

「お父さん！」

「何だ。そんなに神妙な顔をして」

「お母さんに心配をかけないでね」

「急に何だ。どうしたんだ」

「この頃、お父さん、怒りっぽくなったんだって」

「………」

「毎日、いらいらしているんだって」

寂しそうな顔をして、改札口を入って行く息子の姿が目に浮かんだ。姿が改札口から見えなくなると、息子との距離がだんだん埋めきれなくなってゆくように感じられた。

せっかく就職の話があったから、いいチャンスと思い、父親の出番がきたと急いで会いに来たのである。

美味くもない酒を無理に飲んで、何とか息子との距離を埋めようと思ったが、失敗であった。反って、息子に心の内を見透かされたように感じた。息子に会わなければ、いつものように白けた気分で帰宅ができたかもしれなかった。

息子は笑って、「お母さんに心配をかけないほうがいいよ」と言い残して立ち去った。私と息子との間には、埋めきれない溝があることに気づいた。普段、それを何となく感じてはいたが、寂しさを募らせるほどには深い溝ではなかった。

褒めてみたり、おだててみたり、色々と試みたが、息子が私に心を割ってくれることはなかった。

ある晩、書斎から出てきた私は、息子と妻がたわいない話に楽しそうに心を通じ合わせている姿を見た。妻は幸せそうであった。私には無言を守る息子が、無心に自分のことをしゃべり、母の理解を得ようとしている姿があった。母子がお互いに信頼し合っている様子は、笑い声を通しても感じ取ることができた。

下宿へ帰る息子を見送る妻の表情には、貴重なものを失うような感じがあった。私は、「飲みすぎるなよ」などと、酒を飲みすぎた若い頃を思い出しながら忠告するだけであった。

妻の方は、荷物の確認から衣類のことまで事こまかに心配をした。手荷物を持って、道路にまで見送りに出る姿には、浮き浮きする気配すら感じられた。私がそんなことをすれば、迷惑そうな顔をして、息子は足早に去って行くはずであった。

「我慢、妥協、あきらめ」と言った妻の声がよみがえった。

心の溝は一度できると、埋めるのは容易でなかった。溝は次第に深みを増して、闇のように暗くなるような気がした。

息子とよく遊んだ日々のことが思い出された。精一杯、私は息子を愛し、その成長と将来に期待した。可能な限り、息子のために生きたと自負できるほどであった。

「いつの間に、こんなになったんだろう」

妻との関係にしても、息子とのことにおいても、最善と思うことが裏目に出ているように感じられて、私は寂しさを覆い隠せなくなっていた。

高いビルときらびやかなネオン・サインは、かつてのように私の憧れではなくなっていた。苦痛を伴うほどに、体のどこかに小さな傷口をつくってしまったような気がした。それが、いつの日か膿んでしまわないかと案じられるほどであった。

安らぎの場所であるという昔の思いが消え果て、孤独な住処となった家庭は、帰る場所ではないのではないかと思われるほどになっていた。

第七話　絶　望

女子と小人は養いがたし

その日は、朝から風が吹いていた。午後になっても吹き止まなかった。唐津先生の部屋の前にある掲示板に、講義の知らせの張り紙があって、学生たちが見上げていた。

授業から帰ってきた唐津先生が、疲れた顔をくしゃくしゃさせながら、「この講義は面白いぞ」と言って、私に講義を聴きに行かないかと誘ってきた。

教員が講義を拝聴するという雰囲気を、私は楽しいと考えて、時々、出かけていた。教員の身でありながら、同じ商売の人間の話を聞くのは気恥ずかしさはあるが、実に楽しいものである。今までに、面白いと思う講義には幾度も足を運んだ。一般市民も聴講に来ていたから、私たち教員も平気な顔で出かけることができた。そして予想もしない話題から多くのことを学ぶことができた。

「さあ行こう。この先生の話は奇想天外で面白いぞ」

唐津先生は、腕時計をのぞきこむと、私の肩を押すようにして講義室の方へと誘った。

「どんな講義なんですか？」

「女子と小人は養いがたし、という内容らしいぞ」

「ええ、そんな内容を講義して大丈夫なんですか」

「男女平等の時代において、問題があるとでも言いたいんだろう。女性蔑視なんかじゃないさ。文学作品にヒントを得て、歴史的に女性がどう扱われているかを講義するらしい。とにかく、この先生の視点は面白いから、下手な講釈は拝聴してからだ」

「そんな言い方をすると、何だか言い訳しているみたいに聞こえますよ」

「そうか。じゃ、気をつけなくちゃ」

階段を登り切ったところで資料を手にすると、私と唐津先生は教室へと入って行った。中は学生であふれていた。座席のところどころに市民の顔があった。

講師は、非常勤の先生であったから、廊下で顔を合わすくらいの間柄であった。大学は、専任教員と非常勤講師とで成り立っている。専任教員は、会議などでよく顔を合わせたが、非常勤講師は講義の際のみに登校していたから、お互いに顔見知りになることは特別のことを除いてなかった。専任の先生方は、色々な雑務で多忙を極めているから、非常勤の先生のほうが熱っぽく、中にはあきれるほど真剣に授業を行なう先生もいた。

丁度、先生はプリントを手にして、読み始めるところであった。私も唐津先生も座るなり、手にしたプリントに目を通した。それは『ハムレット』の一場面のセリフであった。

先生は、天井を見上げると何かが天から降り注いできて、それを払いのけるような仕草をした。そして手を頭にやり、やがて顔をおおうと大きな声を張り上げ始めた。


「まあ、この絵と、この絵と、見比べて御覧なさい。二人の兄弟の生写しの姿です。

この顔には、なんと美しい気品が宿っていることでしょう。アポロの波打つ巻き毛、ジョーヴの高い額、三軍を叱咤するマースのまなざし、天を摩する山の上に降りたばかりの使いの神マーキュリーの立ち姿、すべての神々がこれこそ男なれと、世にあかしを立てようと、もろもろの善美を持ち寄って組み立てた模範ともいうべきもの。これがあなたの夫でした。

こんどは次のを御覧なさい。これがあなたの現在の夫ですが、すこやかな兄さんを枯らしてしまう、かびのついた麦の穂みたようです。あなたには眼がありますか？この美しい山の上で草を食わずに、ようもこんな泥沼に降りて来て腹を肥やすことが出来ましたな。ハッハッ、あなたには眼があるのですか？　これは愛とは言われませぬぞ。あなたの年になっては、色欲も鎮まり、おとなしく理性の言うことを聞くもの。そして、理性を働かしたなら、これからこれへ移り代るはずはないのです。むろん、感覚はお持ちでしょう。でなくば欲望は起らないのですから。しかし、その感覚が痲痹(まひ)している。気違いだって間違いはしますまい。感覚が狂気に引ずられても、必ず多少の選択の力を残していて、これほどに違う場合には役に立つもの。どういう悪魔に眼匿(めかく)しされて、こんな途方もない間違いをしたのです？

手がなくても目があれば、目がなくても手があれば、手や目がなくても、耳があれば、何もなくても鼻があれば、いや、たとえ病めりとも、間違わない感覚が一つ、少しでも残っていれば、こんなたわけた真似はしないでしょうに。

おゝ、恥よ。お前のはにかみはどこに行ったか？　情欲の悪魔よ、お前が年輩の婦人の体中に謀反（むほん）を起すなら、血に燃える若い者の節操（せっそう）が、ろうのように、青春の情火にとろけても仕方あるまい。やむにやまれぬ情火が身を誤らせる時、醜聞（しゅうぶん）などと騒ぎ立てるな。氷も火のように燃え、理性も情欲の取持（とりもち）をする世の中だもの」

（『ハムレット』第三幕第四場　市河三喜他訳　岩波版ほるぷ図書館文庫）

これは主人公のハムレットが、怒濤のごとき感情の嵐の中で、母であり妃であるガートルードを壁に掛かる肖像画の前へ連れて行き、苛（さいな）む場面である。

ギリシャの神々の小難しい名前は、ここでは無視しよう。

まず、この場面であるが、実に簡単である。二つの絵が壁に飾られている。一枚は、ハムレットの父である前王ハムレットの絵である。もう一枚は、前王を殺し、王位を奪った悪逆な弟クローディアスの絵である。

前王は、ギリシャの神々や英雄のように素晴らしい王様であった。妻ガートルードを愛し、息子ハムレットを思い、国家の安泰を心から願っていた、高潔で武人らしい王であった。

こんな素晴らしい王に愛されていたガートルードは、まさに幸福の人である。ところが、死ぬや否や、妻は夫の愛情も面影もすっかりと忘れて、たちまち再婚をしてしまったのである。

葬儀の際に供した供物が真新しいうちに、また夫を亡くした失意の涙もかわかぬうちに、再婚をしたのである。

一体、愛とは何であろうか。愛の本質、真実の愛とは何であろうか。相手が死ねば、つまり肉体が滅びれば、愛もたちまち滅びてしまうものなのであろうか。

「これは酷い」と言う学生の声が耳をついた。

「そうだろう、学生諸君。ひどい話だろう」と、先生は天井を見上げながら、ライオンのようなうなり声を発する。

「人間の悲劇が、ここにある。女と男の永遠に埋めきれない溝がここにある」

先生は、おもむろに、また次のセリフを見つめて、

「人間は盲目だ。何も見えていない。特に女は」

と、一気にセリフを読んだ。

息をひそめるようにして、「女はバカだ」と先生はつぶやいた。

「女はバカ！」と、どこからともなく声がした。あわてて、私は唐津先生の顔を横目に、後ろの席を見た。

「まして、男は、救いがたいほどにバカ」

哲学に憂き身をやつしているふうの学生が、隣の友人にささやいた。

「これは失礼。バカは差別用語だ。女はアホウ。そうだ、これなら問題はない。女は鈍感だ、うん、このほうがぴったりかな。鈍感だから、女は生きていられるんだ」

先生は大きく息を吐くと、今度は天井を見上げて、大きく息を吸った。

「鈍感！」

今度は、どこからともなく声があがった。

「鈍感。だって、そうだろう。これほど大きな間違いを犯すんだから、女が鈍感でなくて、誰が鈍感だと言うんだ。いいかな、このセリフは私の言葉じゃない。女の愚かさ、浅はかさを指摘したのは、あの偉大なシェイクスピア様だ」

先生は、再びクローディアスと覚しき写真を指さして、興奮気味にしゃべり始めた。

「善と悪の区別がつかないんだぞ。美と醜の判別もできないんだから、女っていう存在はどうなっているんだろうね。愛の真実も偽りの愛も区別できない、それが女だ。ハムレットは可愛そうな王子だ。絶対の存在として、またモラルの手本として尊敬していた母の実態が、何と獣と変わらないってことがわかったんだからな。これが悲劇でなくて何だと言うんだ。これが狂気でなくて、ほかに狂気があると言うのか。

女に善悪を区別する能力があるだろうか。理性なんてものがあるんだろうか。それがないことを息子のハムレットは思い知らされたんだ。母に理性がないことを知った時の息子の苦しみはどんなだったか推測できるだろう、若い皆さんには。学生諸君、ハムレットの気持ちがわかるね。

おそらく、この世に生まれてきたことを、ハムレットは嘆いたんだろうな。もっとも信頼していた妻に、いや母親に裏切られたんだ。これが男の悲しみでなくて、ほかに悲しみがあるだろうか。人生は悔いるにあまりある。もちろん、子供が親を選ぶことなんてできない。ああ、人生は地獄だ、闇だ」

そう叫ぶように言うと、先生は再びセリフの一カ所を読み始めた。

「手がなくても目があれば、目がなくても手があれば、手や目がなくても、耳があれば、何もなくても鼻があれば、いや、たとえ病めたりとも、間違わない感覚が一つ、少しでも残っていれば、こんなたわけた真似はしないでしょうに」

先生は、本を閉じると、じっと天井の一部を見つめた。やがて、吐き捨てるように「女子と小人は養いがたし」と、つぶやいた。

「うちの祖父と同じことを言うな、あの先生は」

と、前の席に座っている学生が言った。すると、先生はおもむろに教室の中空を見つめたまま、

「ああ、可愛そうだ。女には男の価値がわからない。どんなに真剣に愛しても、愛の本質が見抜けない。実に情けないことだ」

今度は、黒板に何か書こうとして学生に背を向ける格好となった。その姿は哀れであった。

「ああ、今は亡きハムレット王も不憫だが、それに劣らず、あんな女を愛した私も可愛そうだ。女は愛の真実より、男の外見を好む。浅はかな言葉に酔いしれて、女はくだらない男の口説きに落ちてしまう。ああ、哀れな女。汝の名前は女だ」

とつぶやく声が、先生の後ろ姿から読み取れた。

唐津先生が、私の肩をつついた。隣の席に座る学生の声に耳を傾けろという合図であった。

「あの先生、奥さんに逃げられたらしいぞ」

「ええ、ほんとか」

「ああ、寝取られたらしいんだ」

「じゃ、恨みつらみを言っているんだな、あれは」

私は、唐津先生に合図して教室を出ることにした。このまま居残っていれば、何とも情けなくなってしまうことがわかったからである。

そっと教室を出るには勇気がいる。泥棒のように学生に気兼ねしながら、そっと通路を通って廊下へと出た。

「あの先生、前には女性賛美の詩を分析していたが、一体どうなったんだろう」

「あんなふうに言って、問題にならないんですかね」

「女が鈍感かどうかは別にしても、男だって同じだってことを学生も市民もわかっているんじゃないかな」

「そうならいいんですが」

階段を下り始めると、途中でシェイクスピアの本を小脇に抱えた学生が通り過ぎて行った。

「今の学生にシェイクスピアがわかるんでしょうかね」

「我々教師にだって、あれはわからんよ」

「………」

「ところで、あのセリフをもう一度読み返してみたくなったよ。そう思わせただけでも、あの講義は成功だな」

「そうですね。あの嵐のような感情のドラマは、常人にはわかりませんね。何だか、自分のことを言われているみたいな気がして、しかたがありませんでした」

「鈍感だから生きていられる」

唐津先生は、さも楽しそうに笑った。

「あのセリフを妻にぶつけたら、どんなであろうか」と、私はひそかに思ってみた。

すると、遠くに感じていたシェイクスピアという偉大な人間が急に身近に感じられた。それだけでも、講義に出た甲斐があったと私は思った。

ハムレットとオフェリア

二、三日してから、唐津先生と茂呂先生と連れだって、私はカラオケに出かけた。驚いたことに、マイクを手にした茂呂先生が、歌う前に、しみじみとした表情でハムレットのことを話し始めた。
「オフェリアは、永遠の処女。私たちのマドンナです」

「何、マドンナ。古い言い方をするなよ。先生、歳がわかるぞ」

「いやいや、私には特別の意味があるんです」

「確かに、無垢なオフェリアが狂気になって歌う、あの歌は忘れがたいな」

「私に、哀れなオフェリアを演じて歌えって言いますか。わかりました」

茂呂先生は、天井を見上げると、手前勝手な調子で、長谷川きよしの『黒の舟唄』を口ごもりだした。

「おい、おい、何だ。その歌は」

「オフェリアの印象をぶち壊すような歌を歌わないでくださいよ」

「いや、これでいいんです。これで」

「男と女の生々しい歌だぞ、この歌は」

「男の悲哀、男の性が上手く歌い込まれています、この歌には」

「体も心も全然違う男と女が、どんなに愛し合っても、最後はこうなる」

「男の切なさ、やるせなさ。この歌で歌いたかったというわけですか。茂呂先生」

「この世は地獄です。男にとって特に」

「女は、メンスが終われば人間らしくなれる。男を必要としなくなるだろう。ところが、男は一生涯、性に苦しみ、性の支配を受ける。そして、女のことで失敗を繰り返し続ける」

「この歌を歌う度に、男の宿命の残酷さを痛感させられるってわけか」

茂呂先生は座り込むなり、酒をあおるようにして飲み干した。


今度は、唐津先生が、しんみりした声で言った。

「夫婦関係は、もっとロマンに満ちているという話を聞かされたよ。小田先生のことを知っているだろう」

「小田先生。ああ、古典を教えている、あの先生のことですね」

「夫婦関係は今でも濃密だって、本人が言うんだ」

「ええ、どういうことです？」

「百人一首を歌い合うことで、恋心を通い合わせているんだってさ、今も」

「ええ！　それって本当ですか？　信じられない」

「奥さんが、上の句を歌えば、小田先生が下の句を歌うんだって。当然、その逆もあるんだろうな」

「たとえば……」

瀬をはやみ
岩にせかるる
滝川の
われても末に
逢はむとぞ思ふ

「歌を歌って、どうするんですかね」

「気持ちを伝え合うんだろうな。今宵は、あなたと身も心もひとつにしたい……」

「本当に、そんなことをしてるんですかね」

「あの先生のことだ。嘘は言わないよ」

茂呂先生は、さらに歌を口ずさんだ。

由良のとを
渡る舟人
かぢを絶え
ゆくへも知らぬ
恋の道かな

「いいなあ、百人一首の世界って」

「優雅だ。まるで、平安王朝の貴族そのままだ。もし小田先生の話が本当だとしたら」

「本当の話だって言っただろう。ご夫婦から、この耳で確かめた」

「羨ましいなあ。小田先生は今も続けているんでしょうかね」

「ああ、心を通い合わせ、夜ごと切なく燃えているそうだ」

「私も、やってみようかな」

「止めたほうがいい。三日ともたないから」

「私にもできないな、きっと。茂呂先生にもできませんよ。土台、無理な話です」

「百人一首の世界は、勉強したんだけどな」

「受験勉強ではないでしょう」

「何だ。恋愛を通して身につけたと言わせたいんですか」

茂呂先生は、唐津先生のグラスにビールを並々と注いだ。唐津先生は、泡立つグラスに口をつけると一気に飲み干した。

「飲みすぎですよ」と私が言うと、「俺が悪いんじゃない。酒が俺を酔わせるんだ」などと、わけのわからないことを言った。


「この世には、小田先生のように夢のような夫婦関係を維持している夫婦もいるんですね。知らなかった」

「私なんか、加齢臭がするなどと言われて、娘に毛嫌いされていますよ」

「加齢臭？」

「歳を取ったら、嫌な臭いがするらしいんです。私はまったく気づかないんですが、娘にはわかるらしい」

「奥さんは気づかないのかね」

「気づいていないはずです、きっと」

「女性だって加齢臭がするんだろう、歳を取れば」

「もちろん」

「女性は香水でごまかすが、男は」

「香水をつけるわけにもいかないですね」

「いや、これからは、男もおしゃれが大事だぞ」

「女房の香水をつけるとしますか」

「男性用の香水じゃないとダメですよ」

「面倒くさいな。あの世に行く時、死化粧をしてもらえるから、余計なことはしないことにしておきますよ」

「死化粧！」

「もう、そんなことを考えているんですか」

「いつかは女房に見捨てられ、哀れな人生の最期を迎えるに決まっています。覚悟だけはしておかないと」

「酒で加齢臭をやっつけましょう。さあ、もっと飲んで。さあさあ」

そう言いながら、茂呂先生は、私のグラスに酒を並々と注いだ。

「アルコール消毒ってわけですか」

唐津先生と茂呂先生は、天井高く杯を掲げると、グラスを口に運び、一気に飲み干した。

しばらく会話が途切れた。沈黙を破るように、茂呂先生が私の方を見て言った。

「女房が嫌なことを言うんです」

「何ですか、急に」

「失礼な話なんですよ」

「どんなこと?」

「唾液には、ばい菌が一杯あって、接吻をするとそれが移るって言い出したんです。感染症なども一緒になって移ると」

「おいおい、それは怖い話ですね」

「朝など、唾液には、排便よりも多くのばい菌が含まれているんだって言うんです」

「ええ、そんなこと、知らなかったなあ」

「私も初耳です」

「女房は、接吻が嫌いなんだ、だから」

「可愛そうだなあ、茂呂先生は」

「接吻が嫌いじゃ、国際交流はできないぞ」

「接吻と国際交流とどんな関係があるんですか」

「ロシアや中東では、習慣として、男性同士が抱き合ったり、頬ずりをしたり、接吻し合ったりするって聞いたことがあるだろう」

「はい、聞いたことはあります」

「男性が、舌べろを入れてくるらしいぞ」

「ええ、本当ですか。男が男の口の中に、ですか」

私は、驚いている茂呂先生の顔を見た。

「そんなことも知らないのか」

「抱擁し合うことは知っていましたが」

「接吻の終わった後、唾液が糸を引いて、垂れ下がっている光景が写真に写っていたのを見たことがある、俺は。あれは大事な習慣らしい。信頼関係を築くには、男同士で激しい接吻をせざるを得ないらしいぞ」

「たとえ感染症にかかっても、ということですね」

「女房が接吻を嫌うってことは、夫との間に信頼関係が無くなったということですかね、唐津先生」

「そういうことだろうな、きっと。もう、完全に終わったよ、夫婦関係は。ねえ、先生」

「面白そうな顔して言わないでくださいよ。こっちは絶望しているんですから」

「絶望しているように見えないぞ、茂呂先生。でも、直に俺みたいになるぞ」

「もうあきらめていますよ、きっぱりと」

「なら、大丈夫だ」

「それにしても寂しい話だな」

「どっちみち、死ぬ時は一人ですよね。今のうちから覚悟をしておいたほうが幸せかもしれない」

「そうさ、妻なんか、所詮他人だ」

「結婚なんかしなければよかったな」

茂呂先生は、立ち上がると、マイクを持ってステージへと上った。

「ああ、やっぱり、オフェリアの従順さを、俺は宝にしたいよ」とつぶやきながら、唐津先生をステージに誘い肩を組んで、『戦友』という古めかしい歌を歌い出した。

茂呂先生も唐津先生も、自暴自棄の気持ちを吹き消すように、お互いに懐メロを歌い続けた。

第八話　性　癖

無縁死

「唐津先生に、話をしろって言われたから、研究室を尋ねたんだけど、留守だった」

そう言って、小脇に本を抱えた社会学担当の高木先生が、私の部屋に入ってきた。

「委員会があって、遅れているんでしょう」

「そうならいいが、忘れているんじゃないかと心配になってね」

「まさか」

「いや、あの歳になると、よくあるんだ。こんなことが」

高木先生は、少し待たせてほしいと言って椅子に腰を下ろした。

「研究会のことであれば、私を誘うはずである」と思いながら、私は高木先生がテーブルの上に置いた本に目をやった。『無縁死』という題名がついていた。

「何ですか、この本は」

「無縁死について講義を予定していたら、唐津先生が関心を抱いたようなんだ」

「面白そうですね」

「面白いよ。今のうちから、学生にも理解しておいてもらったほうがいいと考えたんだよ」

「学生が無縁死を、ですか？」

「高齢化社会になって、大変なことが起こっているんだ。社会はまだ気づいていないがね。気づいた時には手遅れなんだよ、実は」

「ああ、大体、想像ができました。きっと、唐津先生は高齢化と自分を結びつけたんじゃないですかね」

高木先生は、「私が書いた記事だよ」と言って、コピーした雑誌の一部を私に見せた。

『高齢者の増加と孤独死』というタイトルで、雑誌は興味深い内容となっていた。

「日本は高齢者時代を迎えている。政治家は口では、高齢化社会の問題を指摘するが、その対策を講じる政治家は現われていない。党利党略に奔走し、目先の票集めのために、予算のばらまきをしている。

賢明なのか阿呆なのか、わからないお人好しの国民は、子供がそうであるように、お小遣いさえ手に入れば、老後のことなど真剣に考えずに場当たり的に生き続ける。あわてて老後の心配をしても、国も地方も家庭も高齢者の面倒を見る余裕はなく、自分ですべての責任を取らなければならない」

という残酷な内容の記事であった。


「社会学的に見て、日本は危険水域を超えている」

「危険水域?」

「ああ、そうだよ。このグラフを見たまえ。高齢者のほとんどが貧困者で、自殺をしたり、誰にも看取られずに死んでいるのが発見されているんだ」

「ここ急に増えていますね」

「もっと増えるだろうな。親は死んで、この世の人ではない。家族もいない」

「奥さんは?」

「そこだよ。奥さんは、離婚して一人で楽しく暮らしている。濡れ落ち葉のダンナのことなんか、まったく念頭にはない。ダンナが死のうが、のたれ死にしようが関係ないんだよ。愛はすっかり冷え込んで、憎しみすらある。いつか別れようと考えていて、やっと望みを叶えたんだ。今さら、元のサヤに収まろうなんて死んでも考えない。そうなったら、自殺を図るだろうな」

「まさか？」

「いや、女は一度未練を断ったら蛇になる」

「蛇に？」

「蝮（まむし）かコブラだ」

「ああ、恐ろしい。でも、子供は？」

「子供は母親の味方をするから、父親のことなどお構いなしさ」

「じゃ、介護施設に入るしかありませんね」

「介護施設に入れればましなほうだよ。施設に入れない高齢者が増え続けているんだ。国にはお金がない。地方にも高齢者の面倒を見るだけの財政的余裕がない。家庭にも余裕がない。ないないない尽くしだよ」

「何か方策はないんですかね」

「まったく無い。だから無縁死となるんだ。調査の結果、特に働きバチだった人に多いな。若い時には会社人間として、すべてを会社のために捧げた人ほど、無縁死になる傾向が強いようだ。家庭を犠牲にして、仕事一本で生きてきた人は、老後のことなど考えようとしなかった。

　生き甲斐を失った時、意欲もなく何をしていいかわからない。ぼーっとして、無為徒食になってしまうんだ」

「大学の先生なんか、そうなるんじゃありませんか」

「いちばん危険だろうな、大学の教授が。世間知らずで、おまけに威張ることしか知らない。介護施設では、命令口調で指図ばかりしているそうだ。自分は下の世話もできないくせに」

「困りましたね」

「会社で威張っていた役員も、大なり小なり似通っている」

「家庭と縁が切れる。会社とも縁が切れる。地域と縁が切れる。大学と縁が切れたら、その時、男は」

「地獄だろうな。頼る者が一切いなくなる。縁の切れ目は、この世との切れ目だ。孤独に死ぬしかない。ひとりぼっちで。腐り果てて発見されるのが無縁死だよ」

「……………」

「若くたって、無縁死が待ち構えているんだ。調査した四十代のサラリーマンは、働きすぎて体をこわして会社を辞めて、昔の写真を眺めながら日々を過ごしていたよ」

「写真を？」

「会社で活躍した頃の思い出がすべてなんだろうな。一心に働いて成功したが、残ったものは何もない、誰もいない。あるのは、セピア色となった当時の写真だけ」

「会社人間の哀れさっていうことですかね」

「学校とも、地域とも縁が切れる。唐津先生は大丈夫でしょうね。先生は？」

「さあ。私はどうでしょうか？」

「先生はまだ若い。反省をする時間がある」

「日本人はもっと賢明だったはず。孤独地獄、無縁地獄、どうしてこうなったんでしょうね」

そこへ、唐津先生が来た。あっけらかんとして、春の夕闇のような表情をしていた。

「あれ、高木先生。珍しいですね、どうしたんですか、こんな時間に」

「唐津先生、覚えていませんか、私のこと」

「覚えていますよ、冗談は止めてくださいよ。何を今さら言うんですか」

「私のことじゃなく」

「あれ、無縁死。この本は面白そうだ。今度、我々の研究会で、この話をしてもらおうと思っていたんだ」

「わかりました。じゃ、次回に」

そう言って高木先生は、私にウインクをすると部屋を出て行った。

愚痴

数日して、唐津先生は、私の部屋に入って来るなり書棚に目をやった。

「そう言えば、この本だけど」

視線の先に『男と女の生み分け方』という本があった。

家に置いておいたほうが良いと思ったが、若い先生が子供を欲しいと言い出したことを思い出して、ひそかに家から研究室へ持って来ていたのである。学生たちの目につかないように、書棚の片隅に置いてあった。

「懐かしいなあ。先生も、男の子を欲しかったんだ」

唐津先生は、まぶしそうにして私の方を見た。

気持ちを見透かされた私は、小さく頷く唐津先生に親しみを感じた。続けてこう言った。

「あの頃、女房と一緒になって色々と苦心したよ。女房も一生懸命だった。懐かしいなあ。それが、何だ。あの頃のことを忘れて、家を出て行くとは」

「先生も、子供のことで奥さんと話し合ったんですか」

「ああ、話したさ。色々と本を買いあさって読んだりしてな。そう言えば、先生のところは、一姫二太郎でしたっけ。うまく生み分けましたな。生み分けの実践的な本を書いたらどうです」

「偶然ですよ」

「そんなことはないでしょう。やっぱり、本にも一理あるのかな。私も真剣に実行すればよかった」

「先生のところは、お嬢さんが一人でしたね」

「ああ、X遺伝子が強すぎたんだ。男を産むには、男が肉類を食べて体を酸性にしておくことが良かったんだっけかな。女は、体をアルカリにするように、野菜を食べておいたほうが確か良かったんだ」

「Y遺伝子は、X遺伝子に比べて抵抗力が弱いんでしたね、確か」

「そうそう、Y遺伝子は弱いから、膣の中でX遺伝子に先を越されて、なかなか卵子に到達できないんだ。まるで、人生と同じだな」

「女の子の方が育てやすいってことは、そこから来ているんですかね」

「きっと、そうだろうな。女は強い、しぶとい、少しくらいの苦痛や恐怖を味わっても死んだりしない。男はその点ダメだ。いじめられれば、すぐに泣いたり、胃潰瘍になったりする。その点、女はいじめられれば、どんどん強くなってゆく」

「その通りです」

「やっぱり、先生も食事に気をつけたりしたのかな?」

「はい、しました。一日ではダメですから、一週間くらい肉を食べ続けました。女房の方は、野菜を食べ続けましたが……」

「それで、生み分けた？」

「それだけでは、充分ではないと書いてありますよ」

私が言うと、唐津先生は書棚から本を取り出した。本は幾度も読んだから、手アカがついて古びて見えた。

「ためて打たないと、ダメだったな」

「ためて！」

そう言うと、私は口をつぐんだ。

「先生はどちらにしても、自信をもっていいんじゃないかな。私なんか、我慢しきれなくなって、ダメだったな。いくら試みても、我慢ができなかったんだな、女が生まれたんだから」

「難しいですよね。妻の方だって我慢できなくなって、ついつい私も根負けしそうになりましたよ、正直なところ。じっと我慢して、それから」

「それから」

「だからと言って、それで男の子ができたと証明できないですよね、こればかりは」

「いやいや、男の子を産み分けたんだから、証明になるんじゃないかな」

「二番目の男の子は、私が留学から帰ってきたら、すぐに出来ました」

「どういうこと？」

「我慢できなかったんです、久しぶりでしたから。妻だって、一年ぶりに私を迎え入れたわけですから、燃えたぎっていたんじゃないですかね」

「ちょっと、待った。その話」

「……」

「帰国した時は、お互いにアルカリだとか酸性だとかの食べ物を取らないままだったんだろう」

「はあ、そうです」

「それなのに、どうして男の子が出来たんだ。本と違うじゃないか。本の言う通りなら、酸性かアルカリの体にしておかなくてはならないわけだろう」

「あの時、私も妻も焦っていて、子供の生み分けなど、まったく眼中にありませんでしたよ」

「そりゃそうだろうね」

「それに、妻の話だと何だかおかしいと言うんですよ」

「はあ?」

「計算上は妊娠しないはずだと言っていました」

「しかし、生まれた!」

「ええ!」

「奥さんの体は、先生を待ちこがれていたんだなあ」

唐津先生は、不思議な夢でも見ているかのように、天井を見たり、壁の方を見たり、視線のやり場に困っていた。

「結婚した頃は、女房も私も人生についてよく話し合ったなあ」

唐津先生は、本を書棚に戻しながら言った。

「生活するのがやっとの給料でしたから、一生懸命に生きるしかなかったんです」

「貧しいくらいが、幸せってことだな」

「そうですね。子供を作ろうとしていた頃が、結婚生活がいちばん充実していたなって、私も感じます。無我夢中で生きていましたから、お互いに考えることも一緒でした。子供のことが話題の中心で、子供のことを考えていれば楽しかった。子供が中心に生活が成り立っていたことは確かでしたね」

「子供の成長が楽しみで、小学校や中学校の入学式や卒業式も夫婦連れだって出席した。あの頃、夫婦で式に出席するなんてめずらしかった。そんな感激を一緒に味わったはずなのに、あのバカめ、あの恩知らずめ、家を出て行ってしまった。感激を一緒に味わおうって、あいつが言い出したんだ。

子供が病気した時、夜中に起きるのが嫌だから、あいつは子供を泣くにまかせていた。誰がいちばん心配したと思う。抱っこして、俺は一晩中あやし続けたんだ。運動会で、足の遅いあの子が頑張ったんで、俺は嬉しくて気が狂ったように喜んだよ。あいつが一人で子供を育てたんじゃないぞ。

なのに、子供はあいつの方へと行ってしまった。一体、どうなっているんだ。理屈に合わないことばかりじゃないか、この世の中は」

「先生、先生！」

「どうして、こうなったんだろう。いつの間に、あいつの心が私から離れてしまったんだろう。研究に夢中になって、あいつのことを何もかまってやることができなかったからだろうか。今になって、そんなことに気づいても遅いけれど」

「私も同じです。研究や教育などと言って、妻のことは考えないようになってしまいました」

「子供が成長して家を出てしまったら、完全に女房との会話がなくなってしまった。本当なら、子供に手がかからなくなったんだから、女房との時間が取れて幸せなはずなんだが、気づいた時には、すでに遅しってわけだ」

「悲しいですね」

「先生だけは、私の轍（わだち）を踏まないようにしてくださいよ。やっぱり、別れて知る結婚の幸せ。こうなっては遅いんだよな。後悔先に立たずだ」

「人生って、思うようにならないんですね」

「結婚もしかりだ。逃げられてからでは遅い」

「ええ」

「老後をどう過ごすつもりなの、なんて言ったんだよ、あいつは」

「そんなことまで言ったんですか」

「何度も言ったよ、何度も」

「はあ！」

「一人で食事をする寂しさは経験した者じゃないとわからない。セブン・イレブンに行けば、何でもある。ちょっとした店へ行けば、味つけの上手い品が山ほど並んでいる。確かに女房なんかいらないと最初は思ったが、やはり会話がないとダメだな。おしゃべり女房でも、居てくれると有り難いって、今頃気づいたんだ」

「反省しているんですね」

「経験した者にしかわからないよ、この寂しさは。夫婦って、触れ合うようにできているんだ。男と女が連れ添うところに人生の意味があるんだって、今になってわかったよ」

「………」

「今夜の食事はどうするかなんて毎日考えていると、侘びしさを通り越して、気がおかしくなりそうだよ」

「妻って、有り難い存在なんですね」

「居て困る。居なくて困る。それが女房かな。今じゃ居てほしいって痛切に感じるよ」

「男は、一人じゃ生きていけないですかね」

「先生には気を許しているから正直に言えるけれど、私にはできないな。ずっとこのまま一人で居たら、死にたくなってしまうだろうな」

その日に限って、唐津先生は母親に捨てられた子供のように、顔に寂しさをにじませた。

唐津先生と別れた後、私は家路を急ぐ気分になった。

男と女の性癖

茂呂先生から預かった新聞の切り抜きを、私は唐津先生に見せた。

「何だ、これ！」

唐津先生は、新聞の切り抜きに目を通し終えると、うなった。

「茂呂先生が怒っていました。男の性の問題を、女性は少しも理解していないって」

私は唐津先生の顔を見た。

「くだらん記事だ。身の上相談じゃないか。これがどうしたと言うんだ」

新聞の記事は、五十歳に手が届こうとする女性の相談であった。

女性は、結婚して二十五年が過ぎようとしていた。夫婦には、大学生と高校生の子供があった。相談は夫のことであった。夫は優しく、家族思いで、勤勉ぶりは会社からも褒められるほどの人らしかった。夫婦仲は取り立てて悪いということはなかった。ただ、以前に夫が風俗店通いをしたことが発覚して、大ゲンカをしたことがあるが、それ以外、無事平穏な生活が続いていた。

ところが、夫婦の性生活となると、一カ月、あるいは時には三カ月に一度あるかないかであるらしかった。それも奥さんの方から仕掛けると正直に打ち明けてあった。どうやら、身の上相談は、夫の性癖（くせ）に関するものであった。

ある晩のことである。奥さんが夜中に目を覚まして居間に行くと、夫が一人で成人向けのビデオを楽しんでいた。奥さんはびっくり仰天してしまった。夫が妻に内緒で、ひそかに成人向けのビデオを眺めていたのである。にやにやとしている夫の醜態を発見してしまった妻にとって、夫の性癖は不潔を通り越して、嫌悪と憎悪の対象となったのである。

二階には、大学生と高校生の子供がいるのである。気づかれでもしたら、一体どうするつもりであろうか。大人としての良識と見識があり、一家の柱としての親の威厳があれば、夜中にこそこそとエロ映画やビデオを見たりしないはずである。何と間抜けで、愚かなことであろうか。

その妻は情けなく、空しく、毎晩怒りがおさまらないのである。今後、野獣のような夫とどう付き合っていったら良いであろうか。一度、このことが脳裏をかすめれば、居ても立ってもいられない。そういう相談内容である。

「バカらしくて、相手にできないよ。何が身の上相談だ、くだらない」

唐津先生は、怒りを露わにして言った。

「二十年以上も夫婦生活をしていて、男の性癖がわからないんですかね」

「まったくだな。これでよく子供が育てられたな。二人の大学生と高校生は男の子だろう」

「さあ、男か女かは書いてありません」

「文面からすると、男の子のようだな。思春期の男の子の性の苦しみをわからないまま、まさか育て上げたんじゃないだろうな。恐ろしい人だな、この女性！」

「男の性癖って、心理学や文学でも重要なテーマです。学生の指導においても、このことを知らないで、人間らしく生きろなどと言っても、学生はわかってくれませんよ」

「確か、前にも話題になったはずだが、定年前の大の大人が女子学生にちょっかいを出したり、警官が女性にいたずらをしたりするのは、理性の範疇を超えた男が根源的に持っている野獣的なものなんだ。理性とか見識とかじゃわからない人間の心理の闇の世界なんだ」

「女性にだってあるんでしょう、男と同じ性癖ってやつが」

「さあ、次に女性として生まれたら、女性の性癖がわかるんだろうけど、今の私にゃわからないな。同じだと思うけど、推測でしか言えないんだ。そんなことを書いた本を読んだことはあるが、面白おかしく書いた本だから、当てにはできない」

「女性も人間であれば、男と同じだと、私は思いますが」

唐津先生は、新聞記事を机の上にほうり投げるようにして置いた。

「何千年も何万年も、この地上に人間が住みつくようになって以来、連綿と続いた男と女の宿命ってやつに、まだ人間は気づいていないんですかね」

「気づいたんだろうけど、歴史が繰り返すように、生まれくる人間は、その時代時代に学ばなければならないってことだろうな、悲しいけど」

「そう言えば、女だって、急にヒステリーになったりして、わけがわからないですよ」

「ヒステリーか。おおー怖い。いきなり理由もなく怒り出したりして、よく面食らうことがあったな。先生のところもそうですか」

「ひどいものですよ。どうやら、月に一度はヒステリー症状になるっていうことがわかって、最近は用心をするようになりましたが、それでも苦しめられることがあります。どうしようもありません、これぱっかりは」

「男も女も、遺伝子の支配を受けていて、何がどうなるかわからん。先祖代々、遺伝子は受け継がれてきたんだよ。理屈じゃないんだ。いつ何時、遺伝子が我々を揺り動かし、悩ますかだ。

　ある日、突然に、先生が女の子に手を出さないとも限らない。私だって、ある晩、突如、エログロ・ナンセンスなビデオや映画を見始めるかもしれないぞ。いつとは言えない。ある日、突然にだな。恐ろしいな、人間って」

「止めてくださいよ。滅相もない」

「いや、君子然とした人間に限って、何をしでかすかわからない。先生や警官や医者や弁護士など、堅い仕事についている人間ほど、遺伝子の支配に弱いんだ。日頃、自分を抑えているからな」

「勉強だけしたって、ダメってことですか」

「そうだよ。成績だけを見れば、昨年だって、今年だって、女子学生が上位を占めて、ほとんどの優等生が女子学生だっただろう。このままだと、男の出番がなくなってしまうぞ」

「予習復習をよくやるし、女子学生の勉強ぶりはすごいですからね」

「目覚めたら、女は強いぞ。とても女に太刀打ちできない。目覚めないうちに、男の出番を作ってやらないと、永久に男は頭が上がらないままで終わるぞ。この新聞の身の上相談だってそうだろう」

「先生、性の問題もそうだと言うんですか」

「ああ、そうさ。女はメンスがなくなれば、もう男はいらない。ところが男はどうだ。性欲だけは衰えることがない。性欲は死ぬまであるらしいぞ。ねえ、先生ならどうする？」

「私ですか」

「ビデオやエロ映画を観る健気（けなげ）な男の実態を見てご覧よ。あの哀れさこそ、男の姿じゃないかね。隠れてビデオを観る男の悲しみが、女には理解できない。それがわからないで、どうして男子学生の教育や指導ができるって言うのか。

一方で学問という深遠な世界を求めながら、他方で性欲という不可解な世界に苦悩するのが男なんだ。この事実から目をそらしてはいけない。そうでしょう、先生」

「はあ、確かに」

「男は男。女は女。この関係は永遠に交わることはない。だから求め合うんだ。だから別れるんだ。そうだろう、先生」

「はあ」

「男の間抜けな性の衝動。これが無くなったら、世の中から犯罪が無くなることは確かだろうな。しかし、夜の街が繁盛するのは、男どもの性の衝動があるからなんだと思うけれど、先生はどう思う？」

「はあ、私もそう思います」

「確かに、離婚の原因になっていることも事実だろうな。女房め、少しくらいのことで目くじらを立てて、怒ったこともあったよ」

「先生、奥さんが家を出て行ったのは、まさか」

「それが全部じゃないと思うけど、俺のすべてが許せなくなったんだろうな。不潔で、嫌らしい性癖などすべてが」

「うちの妻も、だんだんそんなふうになっていくんでしょうか」

「先生のところは知らんけど、多かれ少なかれ、この新聞記事が訴えているように、男に対する女の気持ちってものは、この程度なんじゃないかな。気をつけたほうがいいよ、先生も」

「はい」

「成人になると、少年の頃のような目覚ましい成長はなくなる。まして性の支配に下った男は、その縛りを断つことは難しいぞ。これは心の闇の世界であり、本人はもちろんのこと、誰にもわからないんじゃないかね。

まして男を理解できない女にはまったく論外だろうな。年々歳々、嫌悪の対象となっていくなら、そんな女に結婚は無意味だよ。早く離婚をしたほうがいいよ。男の子の教育なんかできっこない。愛などという、まか不思議で、微妙な世界のことなどわかるはずがない。

愛は不潔だと。何を言っているか。愛は元々、不潔で汚いぞ。目を逸らしたくなるようなものを愛するのも愛だってことを知らないのかなあ。愛はそこから始まるんだ」

「美しきは醜く、醜きは美しい、というあの反語ですね」

「さすが文学の専門家だ。ちょっと飛躍しているけどね。腐れ縁も、れっきとした結婚だぞ」

「まあ、まあ」

「男から、この間抜けな性癖や衝動を取り去ったら、何が残るだろうね。老人みたいに、股引(ももひき)を履いたまま外をうろつくようでは、この世の終わりだよ。そうなったら、楽でいいだろうけど、生きていて何の楽しみがあるだろうね。それが女にはわからない。わかってもらえない。女にはのぞきの歓びはないんだろうが、先生はどう思う」

「さあ、私には」

「男の性癖を嫌悪するようになったら、離婚したほうがいい。それを不潔だと言う女がいたら、私は許さん。可愛がって育てた娘が中学校へ入学した途端、お父さんの下着と一緒に洗濯をするのは嫌だと抜かしおった。あの時の私のショック。今でも忘れはしない。妻が夫の性を不潔と思うくらいなら、最初から結婚などしなければいいんだ。男は不潔に決まっている。不潔な男でなくて、男と言えるか。女だって不潔だぞ。あのメンスを清潔だと言えとでも言うのか。お互いに、不潔同士がもたれ合って生きる、これが人生じゃないのかね。これが男と女の世界というものだ。エロ・グロのビデオや映画を観る、観たがるのは男らしい証拠じゃないか。違うかね、先生」

何やら、唐津先生の話は熱を帯びてきた。私はもっぱら聞き役に回った。

「やっぱり、女はわからん」

急に、唐津先生は語調を変えて言った。

「先生にも、わからないことがあるんですか」

「女のことだけは、わからん。不思議な生き物だとしか表現のしようがない」

「………」

「女が強いのは、地獄を見ているからかな」

と、唐津先生は納得したような表情をして、ぽつりと言った。

「地獄！」

「ああ、大いなる地獄だ。あの地獄だけは、男には経験できない。宿命として、神は女にのみ、それを与えた」

「先生、それって、妊娠のことですか」

「あれ、わかっているじゃないか。先生は、お産の現場に立ち会いましたか」

「いえ、立ち会いませんでした。一度は望んだのですが、妻からも看護師さんからも、止めたほうがいいと言われて」

「私は立ち会いましたよ。女房に、是非、出産に付き合って欲しいと言われたから。私なら、あの陣痛の苦しみに耐えきれないだろうな。あの苦痛は、閻魔大王から舌を抜き取られるような苦しみだろう。いや、それ以上かな」

「閻魔大王！」

「ああ、そうだ。地獄へ堕ちた我々の生前の罪を咎める、あの閻魔大王だよ」

「妊娠と閻魔大王と、どういう関係があるんですか」

「鈍いなあ、先生は。出産は地獄の苦しみと同じだ。女はその苦しみに耐え切るんだよ。男は駄目だな、きっと。見ているだけで、私は気絶してしまうところだった。あの女房の苦しみに耐える形相を思い出すだけでも、ぞっとする」

「先生、女性はその地獄の苦しみを経験し、耐え抜くから強いと言いたいのですか」

「その通り。苦しみを経験した女が、もの怖じしないのはそのためだよ」

「はあ」

「それだけじゃない。あの時、女は人生の最大の苦しみと、恥じらいを経験する羽目になる」

「恥じらい！」

「摘便を知っているかね」

「摘便？」

「お尻から、便をほじくり出す、あれだよ」

「知っています」

私は、何の話かと思い、目をぱちくりさせながら唐津先生を見た。

「出産してから子供に母乳を与えていた時、女房は酷い便秘になったんだ。何日も便が出なかった。お腹の中で、便が石のようになって凝り固まってしまったんだ。いくら便所に行っても用がたせない。女房は、苦痛のあまり泣き出す始末さ」

「浣腸をしても駄目ですね、あれは」

「そうなんだ。看護婦さんが、お尻に指を突っ込んで便をほじりだしたんだ。器具を使って突っついたり、かき出したり。後で、女房は泣きながら話したよ」

「まさに、地獄ですね、あれは」

「あれ！　先生も経験があるの？」

「健康診断でバリウムを飲んだら、あれが腸で固まってしまって、便が出なくなってしまったんです。いくら浣腸をしても腹痛ばかりで、のたうち回りました。奥さんの気持ちがよくわかりますよ。ただ、私の場合は、風呂場に入って、指を突っ込んで、一人で何とかやりました」

「………」

「指の爪で、少しずつほじくり出しました。お陰で一週間くらい、痔となって苦しみ続けました。思い出しただけでも、地獄ですよ、あれは。ぞっとします」

「じゃ、先生は、女房の気持ちが理解できるな。ただ、お産だけは経験していない。血が子宮から溢れ出る、あの状況は戦場で負傷した兵士の姿そのままだ」

「………」

「女房はお産で死ぬような苦しみを味わったのに、その後も、それと同じくらい苦しい便秘を何度も経験している。だから、もう地獄の苦しみは平気だって言っていたよ。もう恥も外聞もない。どんな試練にも耐えられるって」

「先生、そんなに奥さんのことを気にする先生が、どうして離婚の危機に陥ったのですか。そこが、私にはわからないなあ」

「私の人格だよ。これぱっかりは、何とも仕方がない。不徳の致すところだ」

「先生は立派ですよ」

「女房の目から見たら、失格だってことだよ。男として魅力がないってことだな」

「そうであれば、私も同じです」

「我々教員は失格だな。特に男性教員は。これは誇張じゃない。女のように地獄を知らない。試練を受けていない。甘っちょろいことばかり言っている。学生の面倒を見なければならないのに、無責任極まりない態度を取っている。自分のことばかり考えている。

さも正義感ぶったことを言うが、矛盾だらけの言動であることに気づかない。自己主張だけは一人前。これじゃ、世間に通用しないぞ、絶対に」

「どうして、こうなってしまったんでしょうね」

「男は、昔、戦争で地獄を体験した。戦争は、男の生き様が試されるところだった。ところが、今は戦争がない。戦争が悪いことはわかっているが、歴史的に見たら、そういうことになる。実は、今だって人生はさながら戦場だ。だから、職場を戦場に見立てて、試練を自らに課せればいいんだが、今の男にはそれができない。だらしがないんだ、今の男は。腑抜け者ばかりで」

「先生！」

「わかった、わかった。自分のことを忘れて、でかいことを言うなって言いたいんだろう」

「そうじゃありません。私は、ただ」

「女の方が強い、そう言いたいのか。確かに、卒業式の優等受賞者だって、女子学生ばかりだ。このままだと、男の居場所がなくなってしまうぞ。もっと男がしっかりしないと駄目だ」

「加えて、離婚が追い打ちをかけています。今の世の中は、男にとって踏んだり蹴ったりです」

　私は、ため息をつきながら、じっと書棚を眺めた。唐津先生は、哀れそうな表情で私の顔を見つめていた。


「なあ、先生。女を責めていても仕方がない。女の力を借りないとな」

「女の力？」

「ああ、そうだよ」

「どうしたんですか、急に」

「出産で苦しむ女を見ていると、やっぱり何とかしなくてはならないという気持ちになる。でなければ、女は子供を産まなくなって、少子化問題が永遠に解決しない」

「少子化問題ですか。このままだと、子供がいなくなって、大学がつぶれるかもしれません」

「妊娠で、あの苦しみを経験した女たちが、また子供を産めるように環境を作らなければならないな」

「難しい問題ですね」

「政府は、子供手当を支給したりしているが、そんなことより、出産や摘便で苦しみ、肌や体型が崩れた女たちへの精神的な補助をすべきだな。フランス政府みたいに」

「フランス政府は、どうやっているんですか」

「フランスだって、日本と同様に少子化問題を抱えていた。フランス政府が色々な手を打ったんだ。その中で、結婚した女たちにエステや美容のための補助金を出した。イキな手じゃないか。そう思わないか」

「美容学校や体操教室へ通う費用を補助すれば、美しい女がよみがえる。男どもだって、女房の美しさがよみがえるとわかれば大喜びして、結婚したり出産に励んだりする」

「上手くいったんですか、フランスでは」

「ああ、イキな計らいで、少子化に歯止めがかかり、結婚する男女が増え、子供の数も増えているそうだ。統計で見たことがある」

「フランスらしいですね。日本なら、エステや美容に補助するなんて主張したら、反対派が目くじらを立てて抗議するでしょうね。国民の税金を、何と考えると言って」

「文化の違いと言ってしまえばそれまでだが、女の心理を読めない代議士が日本には多すぎるよ」

「随分、女性に理解がありますね」

「汝の敵を愛せよ」

「先生は本来、フェミニストですね。女性をよく理解しています」

「生まれた時代が、今の俺を作ったんだ。女を好きでも好きとは言えず、じっと自分を押し隠す美学に操られて育った。今さら自分を変えるわけにはいかない。旧い日本人らしく生きるだけだ。そんな俺をわからない女とは、別れるに限る」

「先生！」

「女の心を読まないから、離婚されたって言いたいんだろう。わかっている、言ってくれるな。フランスは、日本より、もっと離婚率が高いんだぞ」

「それなのに、どうして出生率が高いんですか」

「結婚しなくても、子供は産めるぞ」

「未婚で出産する女性が多いってことですか」

「時代遅れだなあ、先生は。結婚する男女は、日本だって少ないんだ。若者が結婚するまで待っていたら、日本は少子化で経済力や文化力も必ず衰えてしまう。地球上から、日本人がいなくなってしまう危険性だってあるんだ。

フランスみたいに、どんどん未婚の母が出たっていいじゃないか。でなければ、少子化問題は解決しない」

「先生、ここでの話ですからよいのですが、教室でそんな話はしないでくださいよ」

「わかっているよ。女の前では絶対に言わないよ。心配するな」

こういう時は、静かに深く頷きながら、ため息をつくに限る。私は、男と永遠に交わることのない女の性癖に思いを馳せながら、人生の不可解さを思い知った。

妻たちのお洒落

唐津先生が久しぶりに私の部屋に姿を見せた。

とりとめのない話が、急に女性の着物の話へと進んだ。

「先生の奥さんは、着物がお似合いでしたね」

私の妻も加わって、唐津先生と奥さんと私の四人で食事をした時、奥さんが着物姿で現われたことを思い出して言った。

「別れた女房のことを褒められても、嬉しくはないが、悪い気持ちはしないなあ。うーん、あれは若い頃から着物を着る機会が多かったな。男の気持ちとして言えば、着物の似合う女は優しそうに見えて好きだね、正直に言って。だから、結婚をしたのかもしれない。だけど、着物は金がかかるよ。実にぜいたくな趣味だ」

唐津先生は、大きな身振りをしながら言った。

「いつも、奥さんは着物を着ていたんですか。優雅だなあ」

「毎日じゃないけど、着物が好きなんだろうな。好きじゃなければ、大変だよ。傍目には綺麗でいいが、絶えず着けるとなると、着物は時間と手間暇がかかることは事実だな」

「うらやましいと思ったことが、幾度もありました。家に帰れば、着物姿の奥さんが出迎えてくれるんでしょう。優雅ですよね。男冥利につきますよね」

「先生の奥さんは、着物を着ないのかね。たとえば、正月とか祝いの時とかに」

「着物は持っていますが、正月だって着たことがありません。子供の入学式や卒業式くらいは着物で出席してもよいと思ったのですが、ダメでしたね」

「そうですか」

「先生の奥さんは、おしゃれでしたよね。化粧ひとつとっても、きちんとしていて。着物を着るせいか、髪型も常に和服に合うようにしていましたね」

「よく覚えているなあ。美容院へ通うから、これもお金がかかって困ったよ。着物に合わせて色々な小物を揃えなきゃならない。だから、よく買い物に出かけていたようだな。季節によって着物の生地も柄も合わせなきゃならない。小物まで合わせると、教員の給料じゃやっていけないと言って、よくケンカもしたよ。

それでも、女房が美しくしているのを見るのは男の甲斐性と思って、その分、私が質素な生活を余儀なくされたってところかな。新しい靴や背広を買うことを手控えて、女房の方を優先することが多かったかな。

連れだって買い物に行くと、まるで私が家来か、お付きの者という感じで、私を見た学生にからかわれたことがあったよ」

「先生が、奥さんの買い物に」

「男の幸せって、女の尻にくっついて歩くことなんだそうだ。先生にはできないだろう」

唐津先生は、私の顔を見ると、意味ありげな表情をした。

「気持ちはわかりますが、私にはできません、絶対に。妻の後にくっついて買い物に行くなんて」

「私だって、男子厨房(ちゅうぼう)に入るべからずっていう時代に育ったんだが、時代の流れかな」

「女の自尊心を満足させるのも、男の務めとは思いますが」

「固く考えるなよ。ところで、女房もそうだったが、女って衣装に金をかけるだろう。先生の奥さんはどう？」

「実はおしゃれにまったく関心がないんです」

「関心がない？」

「信じられないでしょうが、今だって、学生時代の服を着ていますよ」

「ええ！　学生時代って、大学生の頃に着た服？」

「もう二十年以上も前の服だと思いますが、平気で着ています。信じられないでしょう。止めろといってもダメなんです。もったいないというより、着れる間は着ればいい、第一着るものにまったく関心がないと言うんです。風邪を引かなければいい、裸でなければいいと言って、平然としています」

「やっぱり、信じられないなあ」

「結婚をする前は、そんなふうだとは思いませんでしたが、ずっとそうなんです。親戚の葬式があった時だって、無理にデパートへ連れて行って服を買わせたくらいです。葬式と結婚式が同じ服でいられるのは有り難いと言って、安っぽい服を一着買いました。少し高めの方をすすめたんですが、まったく関心を示しませんでした。

だから、時々、妻への土産に私好みの服を買って、他人からもらったと言って着せる始末なんです、嘘じゃありません。困っているのは私の方です、実は」

「先生が?」

「はい、新しい服を欲しいんですが、言い出しにくくて困っています。女房が買えば、私も大いばりで買うことができるんですが」

「前にお会いした時、そんなふうな印象は受けなかったがな」

「よく見てください、今度。首のところに継ぎ当てをしているシャツを着ていたりしていますよ。下着なんか、古くなってゴムがゆるんでいたりして、私が注意をする始末ですから」

「それ、ホント?　作り話を聞かされているみたいだ」

「ホントです。子供の服だって、継ぎ当てをした服をよく着せていました。子供が小学校へ入り、友達にからかわれたとかで、やっと服を新調したくらいです。昔、よくお袋が服を縫ってくれましたが、あの光景が今でもあるんです、わが家には」

相変わらず、唐津先生はキツネにつままれたふうな表情をしたまま、私を見つめていた。

「先生の奥さんは、うちの女房とは違う」

「こんな妻でも、離婚を言い出しますかね、唐津先生」

「こればっかりは別だろうな。私の女房だって、着物にはお金をかけるけど、食事などは質素だったよ。離婚を切り出すなんて夢にも思わなかったよ。女房の機嫌をそこねるようなことを言った覚えもないし、した記憶もないんだよ。それがいきなり言われたんだから。見当のつけようがない。ある日、突然に。先生も、気をつけたほうがいいな」

「本当に心当たりがないんですか」

「それが無いんだ」

「たとえば、遊びとか」

「先生こそ、何か遊びをしているんだろう」

「私は、これと言った趣味も遊びもありません」

「ええ！　無い。それが危ないんだ。気をつけたほうがいいな、それじゃ」

「ゴルフ、マージャン、パチンコ、ヨット、ボウリング、カラオケ。まったく興味がありません」

「遊びがないからと言って、奥さんの信頼があるとは限らないよ。少しくらいの遊びがあったほうが、人間の幅ができる。何もできないということは人間の幅がないということだ。堅苦しくて仕方がない。どうですかね」

「そうは思いません。私が必ずしも真面目だとは言いませんが、妻に迷惑をかけるようなことは、何一つした覚えがありません」

「だから、人間として魅力に欠けている。遊び心がないってことは、人間の幅がないってことですよ」

「そう言い切れますか。遊び心？　何ですか、それって」

「それがわからないようじゃ、なお危ないな」

「危ない？」

「ああ、奥さんの息が詰まってしまうってことさ。人間なら、もっと遊び心がなくちゃならない。ゴルフ、パチンコ、マージャンのどこが悪いというんだね。会社人間なら、誰でもやっている。もっとも人間らしい仲間付き合いであり、気晴らしになって、心と心を通い合わせる役目を果たしている。そう思うけどな、私は」

「それは認めます。しかし、私自身の生き方として、余計なことをせずに、研究と学校のことに専念してきたんです」

「それがまたいけないんだ。若い時には、それで良かったかもしれないが、今の奥さんはもっと人生を楽しめるような生き方がしたいんじゃないかな。遊び心とは、人生をどう楽しむかってことだと思うんだけど」

「………」

「遊び心ってやつが、私にもっとあったら、こんなことにはならなかったんじゃないかと思うようになったんだ。私には、人間らしく生きるコツみたいなものが見つからなかったんじゃないか、とね。

そりゃ、一生懸命に生きてきたさ。脇目もふらずに生きてきた。離婚を迫られて初めて、女房の気持ちを知らずにいた自分に思い当たったんだ。自分なりに、誠心誠意、妻を愛したつもりだ。問題は、女房がどう感じていたかだよ。

今になってみれば、何かが欠けていたんだ、やっぱり。もっと苦しんだり、悲しんだり、人としての感情をさらけ出し、いたわり合ったり、慰め合ったりすればよかったんだ。女房に、私の弱さをもっとさらけ出せばよかったんだ。結局、女房と人間らしい付き合いができていなかった」

「私は」

「先生も私も同じだよ、妻と夫の関係という点では。私たち夫婦はそれぞれ一生懸命に生きてきた。しかし、何のために生きてきたか。誰のために生きてきたか。女房にとって、これから先を考えた時、私は良き伴侶ではなくなっていた。失格だってことだよ。今の私では、幸福は得られないと考えたんだ、女房は。

これ以上、一緒にいたって幸福じゃない。老い先は短い。人生で最後のチャンスだ、生きるか死ぬかの。不安を抱えて生きるくらいなら、いっそ孤独のほうがいい。ひとりで精一杯生きるほうが気が楽だし、思い切った行動も可能だ。

私に頼っても、苦しみや悲しみの解決にはならない。生きる力にもならない。今度は自分自身の力で生きよう。その覚悟を女房は持ったんだ。もはや、私は妻の幸福の保証にはならないと」

「幸福の保証？」

「ああ、そうだよ。最後の賭けに出た女房の前途に、私の存在は明かりでもなかった。希望でもなかった」

「………」

「希望でもなく、明かりでもないとなれば、離婚するしかないんじゃないかな」

私は疲れてきた。窓から見える風景がくすんでいた。青空が痛みを伴っているように感じられた。

「先生、結婚指輪をはめないんですか」

と、唐津先生が私の指を見つめながら妙なことを言った。唐津先生の薬指に、かつては結婚指輪が光っていた。

私は、結婚式の日に指輪を交換したことを思い出した。しかし、結婚式が済んでからは、指輪をはめた記憶はなかった。

「結婚指輪は、西洋から伝わった習慣ですね」

「その通りだが」

「心の信頼だけだと見えにくいし、破られることもある。指輪をつけることで、お互いの信頼を確認し合う必要があって、西洋人は指輪をはめるようになった。確か、そうでしたね」

「ああ、そんなところかな」

「私の場合、すべてを女房に預けてあります。貯金がいくらあるかも、私は知りません。預金通帳も何もかも女房が握っています」

「本当かね、それって」

「本当ですよ。嘘だと思っているんですか」

「……………」

「指輪がどこに置いてあるかも、女房が知っています。私は知りません」

唐津先生は、唖然とした表情をして私を見つめていた。


唐津先生と別れた後、私は一人になりたい衝動に駆られた。大学の校庭に茂る森を慕う気持ちになって歩いた。

遠くに、クラブ活動をする学生たちの大きなかけ声が響いてきた。

第九話　黎明

過去・現在・未来

伯父が亡くなり、その葬儀の帰り、妻が神妙な顔で語りかけてきた。

「伯父さんには、迷惑のかけっぱなしだったわね。この頃、お葬式がずいぶんと続いて、色々と考えさせられるわ」

「ホントに、伯父さんには色々と世話になった。その伯父さんも、ついに」

「伯父さん、奥さんには辛く当たったこともあったらしいわ。あなた、知っていた、そんなこと」

「葬式の時に、そんな話は不謹慎だろう」

「親類の人たち、伯父さんを褒めていたけど、奥さんは殴られたこともあったらしいわ」

「何で、今頃、そんな話をするんだ」

「だからって、伯父さんへの感謝の気持ちがなくなるわけじゃないのよ。ただ」

「ただ、何だね」

「あなたは、暴力を振るったことはなかったわね」

「暴力！　お前に暴力？　一度だってないぞ、そんなこと」

「ええ、一度もなかったわ」

「だから、どうしたって言うんだ」

「あなたが暴力を振るうようだったら、とっくの昔に家を出ていたわ。伯父さんは子煩悩だって、親類の人たち褒めていたわ。あなたと同じね。子は鎹（かすがい）だから、奥さんはじっと我慢をしたらしい。

　でも、その子供たちも独立したから、奥さんもこれで安心だわね。だけど、やっと二人きりになれた途端に、伯父さんが亡くなってしまって気の毒ね」

「何だ、どっちに味方しているんだ」

「私には、伯父さん夫婦が仲良く見えたから、考えさせられたの。夫婦って何だろうかって」

「子供の成長と自立、親の死、一人残された方の孤独。……何だろう、人生って」

「夫婦って何かしら。どんな夫婦でも、どちらかが先に旅立ってゆく。残された者の寂しさ、悲しさ」

「お前は、ほっとするんじゃないかな、私が先に旅立てば」

「あら、張り合いがなくなって困るんじゃないかしら。奥さんはどんなお気持ちかしら。お葬式が済んだばかりだけど、知りたいわね」

「よせよ、何を言っているんだ」

「だって、連れ合いを失った人の悲しみって、どんなか知りたいのよ」

「…………」

「誰だって、別れることを意識して結婚はしないでしょう」

「当たり前だよ」

「結婚って何かしら？」

「何を今さら、そんな質問をするんだ」

私は妻の顔をのぞくようにした。

「子供が成長し、自立してしまえば、後は自分のことを考える番でしょ。夫がいても、会話もろくにないようになったら、夫婦でいる必要がまったくないでしょう」

「それじゃ、それまでの夫婦生活はどうなるんだ」

「……………？」

「離婚の責任は男の方にだけあるのではなく、女にだってあるんじゃないかなあ」

「もちろん、そうよ。……子供の世話から離れれば、妻は自然と派手になったり、化粧が厚くなったり、長電話をするようになったりするわ。これがどういう意味か、あなたにわかるかしら」

「……………！」

「今になってわかったんだけど、死別のことばかりでなく、生別も意識しないとダメね。夫に頼ってばかりでは、必ず失望することになる。時には裏切られる。夫の暴力や浮気、自分勝手な生活態度……結婚した時は優しかったけど、本人が気づかないうちに短気になっていたり、冷たくなったり、趣味が異なったりして、いつの間にか心がばらばらになって取り返しがつかなくなる」

「夫婦の一体感がなくなって、二人の間に隙間風が吹いてくることもあるだろうな」

「結婚って、絶えず、初心に返る気持ちがなくちゃならないみたい。……ね？」

「初心？」

「私たちは、どうかしら」

いよいよ核心にきた。私は言葉を選んで話さなければならないと覚悟を決めた。

「結婚の過去、現在、未来だよ」

「どういうこと、それって？」

「だからさ、愛情に変わりがないってことさ。時間には一分や一時間という具合に区分がある。結婚や夫婦の愛情には、それがない」

「それで？」

「だからさ、今は私は学校へ行っていて毎日が多忙だ。しかし、時間が来たら、つまり定年になったら、妻のためになることを色々とするってことさ」

「どういうこと？」

「男は辛い、弱い、甘えん坊、強がり屋。このことを認めてもらった上で、男は妻のことを考える」

「だから、もっとわかりやすく」

「お前は寝坊だろう。朝、起きられない。私は早起きだ。定年したら、早起きの私が起きて、朝食の支度をする」

「今、それをしてくれてもいいのよ」

「今は無理だ。お互いに無理をしないことが大切じゃないかなぁ」

「定年したら、早起きのあなたが朝食を作ってくれるのね。嬉しいわ」

「お前が風邪を引いて寝込んだ時、私が食事の支度から洗濯までしただろう。忘れたのか」

「覚えているわ。あなたが食事を作ってくれたこと、洗濯をしたり、買い物をしたり、熱い紅茶を入れたりしてくれたこと」

「病気をしたら、お互いに気遣うのが夫婦だよ」

「それ、本気?」

「疑うのか」

「あなた、女性は異文化だとか、宇宙人だとかよく言うでしょう。だから、本気にしていいのか」

「お前が働きたいって言うのなら、働くといい。私が家事をして、掃除をして、買い物をして夕食の支度をするよ。そのほうが私には合っているようだ」

「今さら、働けないわよ。この歳になって雇ってくれるところなんかないわよ、わかっているくせに」

「この歳になると、無理に合わせる必要はない。お互いにどうしても合わなければ、離婚して自分の歩みを始めればいいんだ」

「あなたと私はまったく逆ですものね。あなたは寒さに弱い、私は強い。暖房や冷房をつけるか消すかでケンカもする。あなたは早寝、私は夜更かし。あなたは人付き合いが大好き、私は嫌い。定年したら、あなたは農業をしたいと言うけれど、私はまったくその気持ちがない。……どうしたらいいのかしらね、私たち夫婦は」

「別居生活をして、時々、逢うっていう手もあるかな」

「でも、私って、ぬくもりがないと生きてゆけないの。別居なんて」

「年金は、半分はお前のものだ。私が無事に働けたのは、お前が私を支えてくれたお陰だからな。少しばかりの財産だって、半分はお前のものだよ。子供に財産を残してもダメだ、子供の自立心を損なうだけだ。お前の好きなようにしたらいい。

今までのように、好き勝手に本を読んで過ごすといい、時間はお前のものだ。旅行をしたらいい、自由はお前のものだ。自立するといい、そうすれば、私が助かる。……私が死んだら、お前の自由にしたらいい。全部、お前にやるよ」

「何よ、私、そんなことを聞いているんじゃないわよ、私は、ただあなたが元気でいてほしいだけ」

「どうだ、今からじゃ、夕食の支度が大変だろう。久しぶりに、どこかで食べて帰ろうか」

「そうね、少しくらい、贅沢をしても罰は当たらないわね」

「贅沢！　どっちみち、私の健康のことを考えて、今夜も野菜中心のメニューなんだろう」

「健康が一番よ」

車のハンドルを切って、ごく一般的な大衆レストランの駐車場へと入った。妻が何を注文するかは、私には痛いほどわかっていた。


案の定、妻は定食を注文した。

「もっと高いものを食べろよ。今夜は、私がご馳走するからさ」

「これで充分。これ以上、栄養を取ったら、また太ってしまう」

「いいよ、太ったって」

「あら、あなた、忘れたの。この前は、美しくいてほしいって言ったでしょう」

「今夜は、特別だよ」

「特別？」

「やっと、こうして二人で食事ができるだろう」

「有り難いけど、これで充分よ」

妻は譲らなかった。

お陰で、私は妻に合わせて、定食を注文することとなった。脂身のある、こってりとした肉を注文することはあきらめた。妻が絶対に反対することはわかっていたからである。

食事が運ばれてくるまで手持ちぶさたにしていると、妻が言った。

「夕べ、茂呂先生のことを言い出して、途中で話を止めてしまったでしょう。あの話、もう一度、聞かせてくれないかしら。話し始めたところで、あなたに電話がかかってきて、話はそのままになってしまっていたでしょ」

「どこまで話したかな？」

「茂呂先生が、奥様と一緒に横浜のお兄様の家に呼ばれたところだったわ、確か」

「ああ、思い出した」

「お兄さんが喉頭ガンだと医者から宣告され、茂呂先生が急に呼び出されて出かけた話だったわよ」

「お前、よく覚えているな」

「覚えているわ、こんな大変な話は」

「家族会議を開いたらしいんだ。兄さん夫婦と子供二人。こちら側からは茂呂先生ご夫妻が同席した」

「そうしたら、喉頭ガンの告知の話が出たのね」

「手術すべきか否かの相談ということになって、大変だったらしい。もちろん、お医者さんは手術をすすめたらしい。しかし、手術には家族で相談し、その上での承諾がなければならない。そこで、家族会議となったわけだ」

「茂呂先生は、どう対応したのかしら」

「茂呂先生は、手術などしないほうがいいって、強く主張したんだそうだ」

「どうして？　手術しなければ、お兄様は死んでしまうかもしれないでしょう」

「確かに、そうなるかもしれない。しかし、手術と言えば聞こえがいいが、医者の言いなりになるだけだ。喉に管を通されて、声は出ないし、まともに食事ができない。酒も自由に飲めない」

「当たり前でしょう。ガンですもの」

「そんな詰まらない生活をして何が楽しいんだ。医者の言いなりになって、医者の実験の道具になるのだぞ」

「それだっていいんじゃないかしら。寿命が延びるんですから」

「寿命が延びても、人間らしい生活ができない。植物人間そのままの生活で、何が幸福なんだ」

「じゃ、どうすればいいって言うの」

「手術はしないほうがいいってことさ」

「茂呂先生は、本当にそう言ったの！」

「手術なんかしないで、医者から玩具(おもちゃ)のように扱われないで、人間らしく生きたほうが幸福だ、人間らしい誇りが保てると、茂呂先生は言い張ったらしい」

「どうしてそう決めてかかるのかしら、茂呂先生は」

「色々なガン患者を見てきたせいだろうな、きっと。手術をしたら、一切は医者の思いのままだ。自分の意思がなくなってしまう」

「当たり前でしょう。お医者さんの言うことを聞くのが患者のつとめよ。回復するまで辛抱が大事だわ」

「だからさ、辛抱して医者の手の中に入るくらいなら、自由気ままに生きたほうがどれくらい幸せかってことさ」

「そこのところが、私にはわからないわ」

「どっち道、人間は死ぬんだ。どうせ死ぬなら、飲んだり、食べたり、映画を観たり、劇場へ足を運んだり、旅行を楽しんだりして、自由気ままに生きたほうが人間らしいと思うんだ」

「やっぱり、わからないわ」

「これは生命の尊厳を無視するわけじゃない。しっかりと寿命を受け入れての話だ。一年や二年、余計に生きたって幸福と言えるだろうか。それよりも、自分の死と向き合って、死を見つめながら生きたほうが人間らしいと思うんだ」

「お兄様の奥さんの考えもあるでしょう。奥さんは、どう思ったのかしら?」

「奥さんもお兄さんもお子さんも、茂呂先生に賛成したそうだ」

「ええ!　本当に?　茂呂先生のお考えに賛成したの?」

「ああ、その通り。手術はしない。医者にはかかるが、余計な治療は一切しない。じっと死を見つめて生きることにしたらしい」

「信じられないわ。あなたならどうするつもり」

「私？　私のことか。まだ結論は出ていない」

「私がガンになったら、あなたはどうするかしら」

「生きてほしいと望むだろうな。最後の最後まで」

「手術をして、喉に管を通されて、寝たきり状態になるかもしれないわよ。それでもいいいの。本当に」

「ああ、本当の気持ちだよ。嘘偽りはない」

「あなた、本当に、心からそう思っているの？」

「茂呂先生のようには、私はいかない。自分のことであれば、一人ひっそりと死んでもいいが、家族のこととなれば話は違う。介護をし続けるだろうな」

「介護は大変よ。悲劇的な場合が多いって言うわよ」

「どこまで生きられるか、どこまで世話ができるかわからないが、やれるところまで世話をするだろうな、私の場合は」

「本当に！」

「これから、しっかりと蓄えをして、将来に備えることだ。突然の宣告にも驚かないようにな」

「覚悟が肝心っていうわけね」

「ここまで連れ添った仲じゃないか。お互いを見合うのが夫婦っていうものだ。違うか」

「あなた、本気で言っているの？」

「冗談で言えるか、こんなことを」

「あなた、前に、私より先に死にたいと言ったわね。覚えているかしら」

「ああ、覚えているよ」

「私こそ、あなたより先に死にたいわ。あなたに看取られて」

「………」

「どうして黙っているの？」

「お互いに、死を見つめ合うようになったたな。これが夫婦ってことかな」

「ねえ、あなた！　あなたは死ぬ時のことをどう考えているの？」

食事が運ばれてきた。給仕が皿を並べ始めると、妻の視線が私から逸(そ)れた。「美味しい、美味しい」と言いながら、私は定食を食べた。小さい時から親の躾として、有り難く食事を頂くように叩き込まれていた。妻は満足そうな表情で、私の箸の動きを見つめていた。

帰りの車の中で、

「どっちが先に死ぬかってことだけど」

と、私は切り出した。

「先ほどの話の続きね」

「死んだら、あの狭い墓石の中で暮らすことになるが、あれだけは御免だな」

「私と角を突き合わせているのが、嫌だからでしょう」

「そうじゃないんだ。死後の話のことだ」

「………」

「歳を取ったら、沖縄の与論島に移住をしたらどうだろうか」

「与論島？　どうしたの、急に」

「あそこでは、つい最近まで風葬が行なわれていたんだって」

「風葬？　お墓に埋葬しないで、死体を外に放置したままにしておくっていうあれ？」

「そうだよ、あれだ。今では法律で禁じられているが、四年間くらい土葬にしておいて、骨を掘り起こし、家族全員で洗骨してから、お墓に納めるらしい」

「洗骨？」

「家族や親類縁者が集まって、骨をひとつひとつ洗って墓に納める話を本で読んだが、もっとも人間らしい在り方じゃないかな。そう思わないか」

「どうかしら？」

「火葬にされるのは、私は嫌だな」

「あら、どうして？」

「熱いぞ。焼き殺されるわけだから」

「もう死んでいるわけだから、熱さなんかわからないでしょう」

「お前は鈍いなあ。後に残された私が、お前を焼き殺す光景を想像したらどうだ。風葬だったら、毎日のようにお前に会いに行けるぞ。言葉を交わすことだってできる。日常のことを報告することもできる。

火葬のことを想像してみろよ。お前を焼き終わったら、骨をこなごなに砕いて骨壺にお前を押し込め、しっかり封印してしまい、二度と出てこれなくなるぞ。それでもいいのか」

「……」

「与論島なら、死んだ後も、あの蒼い海、碧い空を眺めて生きられるんだ。いいじゃないか、人間らしくて」

「あなたって、面白いことを考えているのね」

「最近、死について色々と考えているんだ。どこで死のうかって」

「まあ！」

「そうしたら、与論島が私にぴったりすることがわかったんだ。小舟が浮かび、白雲が沖合いを彩り、千鳥が飛び交い、浜辺に松風が寄せる。絵画のような風景の中で、永遠の命を与えられるってわけだ」

「あなたの話を聞いていると、何だか死ぬってことが怖くはなくなったわ。与論島へ移住しましょうか」

「私が先に逝こうが、お前が先に逝こうが、あそこなら大らかに過ごせる。家族がひとつであるってことがいいな。命のある間は、一生懸命に生きて、死んだら、あの世から家族のことを心配して暮らす。

家族にとっては、死者は霊として生き続けるってわけだ。祖先崇拝の慣習がなくなった今、与論島は、死者の楽園だな」

「私、まだ行ったことがないわ」

「よし、一度、行ってみるか。お前の魂の故郷になるかもしれないぞ」

「あら、あなただって、終の住処になるかもしれないわよ」

妻は、楽しそうな表情をして座席にもたれかかった。

子供の気苦労

曇り空が数日、続いた。

学会があるとかで、唐津先生は出張をしていた。

午後、やる気を失った学生の相談に、私は時間を費やした。一度、意欲を失うと、どんな励ましの言葉も無力であることを感じながら校門を後にした。

教師は、哲学者であり、母親であり、お坊さんであり、さらには医者や心理療法士、芸者である必要もある。学生の胸中深くに入り込むことができないと感じた私は、無力感に襲われながら歩いた。「だらしがないぞ。自立していない学生はまったくどうしようもない」などと、学生の悩みを頭ごなしに一蹴してしまう先生がうらやましく思えた。

家に帰ると、玄関口で妻が早口にまくしたててきた。

「あの子、帰ってくるつもりだったけど、急に用事ができて帰れなくなったんですって」

「帰ってくるつもりだった？　聞いていないぞ」

「あら、今朝、話したでしょう。あなたって、またうわの空で聞いていたのね、やっぱり」

私は、黙ったまま書斎へ入りカバンを置くと、妻の待つ居間へと向かった。先日会った時の息子の表情が頭をかすめた。

「何の用事で帰る気になったんだ」

「あなたのことらしいのよ」

「私のこと？」

「心配していたわ、あなたのこと。あの子に会った時、あなた、元気がなかったんですって」

「元気がない？　就職のことで心配しているのに、まるで反応のない返事ばかりするから、腹が立っていたんだ」

「就職のことは、あの子の望むようにしてあげましょうよ。それより、あなたが元気のないのは、私のせいじゃないかって言うの」

「お前が？　何の話だ」

「あの子なりに心配しているのね。私も感じていたのよ。何かあったの、あなた。何かあるなら言って頂戴。隠し事はしないっていう約束でしょう」

「……………」

「何があったの？」

「じゃ、聞くが。怒らずに正直に答えろよ」

「いいわよ。どうぞ」

「お前、唐津先生の奥さんと社会保険庁へ行っただろう！」

「社会保険庁？　ああ、わかったわ。それで、ここしばらく変だったのね。ふさぎ込んでいるから、可笑しいと思ったわ」

「ああ、その通りだ。なぜ、私に黙って社会保険庁などへ行ったんだ。聞かせてくれてもよかったじゃないか」

「別に隠すつもりなんかじゃなかったのよ。唐津先生の奥さん、離婚したでしょう。お付き合いで一緒に行っただけよ」

「お付き合い！」

「ええ、奥さんが私を誘ったのよ。一人じゃ行きにくかったんでしょうね。それに、私も年金分割にちょっと興味があったの」

「どういうことだ？」

「知っておきたかったの。別に、あなたと離婚しようなんて考えていたわけじゃないから安心して頂戴」

「誤解するじゃないか。社会保険庁へ唐津先生の奥さんと出かけて行ったりすれば」

「あの子、あなたの様子を見て、私たちが別れるとでも思ったのかしら。ここ随分と、年金分割で離婚が急増するとか何とか報道されているから」

「お前は、どうなんだ。本当に離婚を考えなかったのか？」

「まったく考えなかったと言ったら、嘘になるわね」

「じゃ」

「よく調べたわ。よく考えてみたわ。離婚したらどうなるかって」

「そしたら？」

「離婚したら、安らぎもぬくもりもなくなるわ」

「ぬくもり？」

「そうよ。心と心を通い合わせることからくる、あの安らぎ、あのぬくもり」

「私をいじめる楽しみがなくなるって言いたいんだろう。正直に言えよ」

「それもある。でも、それだけじゃないわ」

「もっと、あるのか」

「冗談よ。私にとってもっと大事なものがあるの」

「……………」

「唐津先生の奥さんと一緒に社会保険庁へ行ったり、年金分割のことを勉強したりして、色々と考えてわかったの。失うものの方が大きすぎて、私には離婚なんて考えられないって。唐津先生の奥さんは、離婚に踏み切ったわね。自由とか自立とかを真剣に考えて結論を出したらしいわ。

　きっと、唐津先生はがっかりしているんじゃないかしら。離婚は、男の人の方が辛いと思うわ。今までは、何もできなくてもやって来れたけど、奥さんがいなくなったら、大変だと思う。一人になって清々するのも一カ月くらいで、じわじわと一人の辛さが身に応えてくるはずよ、きっと」

「ああ、先生は最近こぼしていたよ」

「私にとって、やっぱり家庭が大切だと思ったの。本当よ。年金分割を女性の独立宣言だとか何とか浮かれたことを言っているけれど、夫婦が歩み寄らなければ、家庭はどうなるの。老後のことはどうなるの」

「マスコミが変に煽り立てるからいけないんだ」

「でも、やっぱり、結婚した以上、仕事を言い訳にしないで、男の人は家庭や妻のことをもっと考えてくれなくちゃ」

「……」

「あの子、あなたの様子から何かを感じたんだわ。小さい時から敏感な子だったから」

「ああ」

「いい年をして子供に心配をかけるようじゃ、お仕舞いよね」

妻は、テーブルの上に料理を並べ始めた。私は椅子から立ち上がり、皿を運んだ。

妻は、にこりと笑みを返して寄こした。

「あなた、この瓶詰めを開けてくださらない。私では、どうしても開かないの」

「どれどれ」

と言って、腰の辺りに力を入れると簡単に開けられることを知る私は、見事に蓋を開けた。

「助かるわ。本当に」

「こんなことは簡単だ」

と、私は得意になって言った。

「あれ、あそこに蜘蛛がいる。嫌だわ」

「よし、私に任せておけ」

天井に小さな蜘蛛がいた。手ぬぐいを丸めると、それをボールのようにして投げた。手ぬぐいは見事に蜘蛛に当った。

「まあ、すごいわ！」

「このくらいのことなら、いつでも私に任せろよ」

「ホーム・ステイしていた外国人が部屋で蜘蛛を見て、悲鳴を上げたことあったわね」

「あの時の悲鳴はすごかったな」

「やはり、あなたが家にいてくれないと困るわ」

「………」

妻の笑みに、棘はなかった。

「どうせ私は、缶詰めやビンの蓋を開けたり、蜘蛛を追い払ったりする時にしか役立たない男だ」と言おうとして、その言葉を辛うじて飲み込んだ。

いたわり、うるおい、いやし

唐津先生から呼び出しを受けた時、遠藤先生も茂呂先生も学生の指導が忙しいと言って、姿を現わさなかった。

手渡されたメモには、「これから男がどうするかだ。どう生きるかだ」とあった。

「そろそろ行動に移る時期となったようだ」と思いながら、私は唐津先生の研究室を訪れた。

「美味しいお茶を入れるから、ちょっと待って」

唐津先生は、お茶を注ぎながら、年金分割に伴う離婚の研究も一段落したと言った。

「先生も、そう思いますか」

「実は先日、ある集まりがあって、講演を頼まれたんだ。出席者の大半が団塊の世代の人たちで、講演が終わって、色々な話を聞くことができて良い勉強になったよ」

「年金分割の話が出ましたか」

「出たよ、深刻な話が。離婚を突きつけられた人もいたなあ。それらしく離婚を臭わされて、時間稼ぎをしている人もいた。驚いたことに、普段から夫婦相和しているからと、まったく意に介さない人もいた。

団塊の世代と言えば、一様に仕事人間として生きてきた世代だろう。ただひたすら会社や家庭のために生き抜いてきたわけだ」

「私だって同様です。学生や学校のために生きることがすべてだと考えてきました。それだけじゃ、充分ではなかったって知った時、正直言って面食らいました。家庭がある。妻がいる。定年がある。老後がある。そんなことはわかっていたつもりだったんですがね。夫婦の在り方がそんなに重要だとは考えてもみませんでした」

「女房は私のすべてをわかってくれていると自分勝手に思いこんでいたんだな。今となっては取り返しがつかない。残ったのは、寂しさ、悲しさ、言い知れない惨めさだった」

「普段から、いたわりの心を示していないとダメですね、急にやろうとしても」

「この年になって、急に頭を変えろって言われても、どうにもならないよ」

「新聞によると、今度の年金分割は、英国、ドイツ、カナダの例を参考に導入された制度らしいですよ。社会保険庁が管理する保険料納付記録の一部を、離婚した場合は配偶者名義に切り替えるとのことです」

「国も考えていたんだな。私たちにとっては、急な話で面食らってしまったが。もっとも、この話だけは、早くから聞いていてもわからんな。文化や価値観を変えろっていうのと同じだから。今さら、変えるわけにはいかないよ」

「簡単な話ではありませんよね」

「でも、変えなくてはならない。変わってゆかなくてはならない。団塊の世代の人たちは、辛いことだと口をそろえて言っていたよ。仕事がすべてだったんだ。国や会社への忠誠心が彼らを支えていたんだから。

心を支えていた棒が取り去られたら、どうなる？　私だって、離婚を突きつけられた時、地球がひっくり返ったような気持ちだったよ。まさか、女房が私を捨てるなんて」

「……………」

「こんな意見もあったよ。今まで女房に老いた親の面倒を見させていた。一年中、下の世話から何まで、昼夜分かたず見させたらしいんだ。家出を考える女房の気持ちが今になってわかって、朝の世話は自分がやり、午後は女房に任せることにした。

　年金分割の話を知ってからは、これは大変だと予感して、妻が倒れたら全面的に私が面倒を見ると言ったら、疑られつつも感謝をされたらしい。老後の心配をする必要もあるんだな。私も今になったら、妻の面倒を徹底して見ると言っておけば良かったと思うけど、もう遅すぎるな」

「芝居にありますよ、そんなセリフが。すべてを失った国王が、茫然自失の状態で、何もかも遅すぎた、と観客に向かって嘆くんです。後悔先に立たずっていうことでしょうかね」

「私は好き嫌いがあって、魚はあまり食べなかったんだ。女房によく叱られたよ。健康のことを考えて料理しているんだから、好き嫌いをしないで頂戴って」

「私だって、同じです。妻は、体のことを考えて甘く魚を煮付けてしまう。私は辛いものが好きで、よくケンカをしましたよ」

「酒の飲めない者には、味つけがわからないからなあ。趣味の違いだってあるよ」

「若い時には何とかやってきましたが、最近は趣味の違いで口ゲンカになることがあります。テレビでも、女房はメロドラマが好きですが、私はニュース以外はテレビは観ないようにしている」

「趣味の違いを超えて、老後を楽しむには、相手に配慮して我慢をすることも必要だってことかな」

「それなのに、いつの間にか相手を想う気持ちが失せて、自分中心の生活が出来あがってしまう。そして」

「そして、別居や離婚となる」

「妻と死に別れると、夫は二、三年で死んでしまうと言いますね」

「ところが、妻の方は元気になって、ぴんぴんと長生きする」

「威張っていても、やっぱり男は弱いんだ」

「空威張りをしているにすぎない」

「それに比べて、女ときたら」

「これから、男は強くならなきゃならない。本当の意味で」

「どうしたら、いいんでしょうか」

「それがわかれば、苦労はしないよ」

「途方に暮れてしまいますね、まったく」

「その通りだ。こんな団塊世代の人の話もあるよ。妻と別れる時、すべてをやるから持っで行けと言ったらしい。私は裸一貫からやり直すつもりだ。私のことは心配するな。今までの苦労を考えたら、当然のことだ。年金もいらない。財産もいらない。お前がみんな持って行けってね」

「それ、本当ですか。作り話じゃないですか」

「最初、私もそう思って聴いていたが、本当の話らしい。ただ、これは例外だろうな」

「その人の奥さんは、どうしたんですか」

「それを聴いたら感動して、離婚を思いとどまったらしいな」

「ますます作り話に聞こえるな、それって」

唐津先生が立ち上がって、威勢よく、

「一度、そんなふうに俺もやってみたかったな」

と、呻きにも似た声で言った。

「止めたほうがいいです。取り返しのつかないことになりますから」

「どういう意味だい」

「奥さんは、先生の財産の全部を持って家を出て行ったでしょうから」

「おいおい、そう言う先生はどうなんだ」

「うちの女房だって、同じですよ」

唐津先生が、反省した表情をして立ち上がった。

「女房には、迷惑のかけ通しだった」

「どうしたんですか、急に、しんみりとして」

「夫婦にも色々とある。私みたいにダメになってしまうのと、何とか思いとどまって、新たな関係へと入っていく者と。夫婦関係って、男ができたとか、女ができたとかの話は別として、早い時期ならやり直しがきくような気がするな」

「ぬくもり、いやし、うるおいは誰でも憧れているわけですから、二人の努力によって、それを創り出していくってことですね」

「かえって、動物の方が人間以上に夫婦の結びつきを大事にするらしいって話を聞いたことがある。我々は、自由だ、自立だと叫びながら、実は貴重なものを見失っているのかもしれないぞ」

「そうかもしれませんね」

「離婚は、思い出を葬り去ってしまう。しみじみそう実感させられたよ。一度、葬り去ったら、二度と再び戻らない」

「私には、思い出を消し去る勇気はありません」

「なら、止めたほうがいい。楽しい思い出さえも消し去られてしまう。今になって、あの生活は一体何だったんだとなってごらんよ、考えただけでもぞっとする」

「……」

「未来は二人で拓くもんだ。夢は二人で実現するものだ。年取ったら、なおのこと、一人じゃ寂しいぞ。だから、再婚をすることになる。それが悪いと言うつもりはないけど」

「反省することが多いな、私も」

「夫婦相和して、楽しい思い出を作ることだ。妥協も、夫婦生活には大切なことだよ」

「そうですね」

「離婚する。じっと我慢する。人それぞれだ。どんな生き方も否定はできない。どう考えても、この人とはもうやっていけないと思ったら私の女房のように別れたほうがいいのかもしれない。自分を犠牲にする必要はないからな。人間には自由が保障されている」

「寂しい言い方ですね、それって」

「夫婦は、もともと他人なんだから」

「他人だからこそ相手を気づかわなくちゃいけないいんですかね」

「ああ、そして良きパートナーとして相手を尊重する。それさえあれば、結婚の形などどうでもいいってことだな」

「唐津先生、先生は」

「なあ、先生、今日は早く帰ったほうがいい。夕ご飯の支度を手伝ったり、洗濯物の後片付けを手伝ったり、お互いに面倒なことも分担しなくちゃ」

「先生！」

「存在そのものが喜劇なんだ。女房たちはそれを知っている」

「そんな言い方をしたら」

「これは事実なんだ。威張ってみたところで仕方がない」

「妥協して生きろっていうことですか」

「まあ、そんなところさ。凡人らしく生きるってことかな。でも、あきらめたわけじゃない。追い求めるさ。ただ、現実は見つめないと。この平凡な現実を」

「平凡ですか?」

「そう、平凡だ。平凡ってことは、何も現実から目を反らして生きるってことじゃない。人生や自分と真剣に向き合っているってことだと、私は思う」

「女房たちは、平凡な生活の中に、しっかりと幸福を見つめようとしているってわけですか」

「女は現実派だ。結婚したら、徹底して現実的となる」

「男には、それが無いっていうことですね」

「まあ、そういうことだ。結論としては」


離婚について考えることは、人生について考えることに他ならないと思われてきた。自分自身についてさえ、私は真剣に考えていなかったような不安に襲われた。

帰宅して妻の愚痴を聞かされると、カッとなって言い返すことが多かった。いつの間にか、妻の手の内に入っていた。まるで、子供が母親に叱られている姿そのままであった。何ら太刀打ちできず、じっと妻の前で頭を垂れている日々が続くようになっていた。

妻の身になって真剣に耳を傾けたことはなかった。常に、うわの空で妻の言葉を聞いていた。だから、余計に不信感を増幅させる羽目となっていた。

夕焼けが校舎の窓を照らし始めた。建物の輪郭がくっきりと大空に映った。小枝が風に揺れると、さわやかさが辺りに満ちた。

学生たちのにぎやかな話し声が校庭の方から響いてきた。

春となれば、すべての草木が青やぎ、花を咲かせる。そして、明日へと夢をつないでゆく。校内には、目に見えない豊かな自然の営みがあった。

見上げると、一群の鳥たちの姿が目を射た。大空には、毎年、数百、数千キロの旅を始める北の使者たちと南の使者たちの生存のドラマが謡い上げられている。おそらく、あの群れをなす鳥たちは互いに励まし合い、あたため合い、生命の限り、昼となく夜となく、目的とする彼（か）の地へ向かうに違いない。

私はどうであろうか。

父や母に連れられて出かけた浜辺の光景がよみがえった。妻や子と並んで、丘の辺から眺めた山並みの清々しい風景がひろがった。

思い出へと帰る日々が多くなった今、家族のぬくもりこそ、新たな人生へと向かう私の心の糧に思えた。

「急に、どうしたの？　あなた」

テーブルに座っている妻の肩に、私は手を置いていた。

「肩が少しこっているな」

自分でも思いがけない言葉が、口から出た。

「ああ、気持ちがいい。こっているのかしら」

黙ったまま、私はしばらく妻の肩をもんだ。そして手を首筋にのばした。首筋をもむと、
妻はうっとりとした表情をした。

「疲れているんだろう、きっと」

「そうかしら?」

「家事をするだけだって、大変だろう」

「そうね。家のことだって、意外とやることが多いのよ」

「毎日のことだからな。肩がこっているのもそのせいだ、きっと」

私は、妻の肩胛骨のあたりをそっと摑んでは、もみほぐした。

「今日のあなた、どうかしているわ。何かあったの」

「……別に何もないよ」

「こうして、触れてもらうっていいわね」

「そうか」

「何十年ぶりかしら」

「何十年ぶり？」

「昔、子供の世話で疲れて寝込んだ時以来かしら」

「そんなことまで覚えているのか」

「覚えているわ。……忘れもしない、あの日のこと。あなたは忘れてしまったでしょうけど」

「正直に言って、まったく思い出せないなあ」

「いいのよ、それで。……こうして今、懐かしい思い出に戻れたんだから」

「私も、あなたの肩をもんであげましょうか」

「いいよ、私はこっていないから」

断る私を、妻は無理に椅子に座らせた。

「どう、気持ちがいいでしょう。あなただって、肩、こっているわよ」

「気持ちがいいな。もまれるって」

「これから、こうして触れ合いましょう」

「触れ合う？」

「そうよ。触れ合うことが大事よ、わかるでしょう」

「ああ、わかった。わかったよ」

私は、奇妙な幸福感にひたった。触れ合うなどという行為は、長い間、私の脳裏から消え去っていた。

見上げると、妻は涼しげな表情をして、私に笑みを返してきた。

エピローグ

人生は思わぬ展開を見せる。「自分だけは大丈夫だろう」と思っていたら、ある日突然、度肝を抜かれるようなことがあるかもしれない。

私もまた年金分割の導入に直面し、狼狽えた一人である。団塊世代を友人に持つ私は、自分自身を含めて、もっと賢明にならなければならないと痛感するようになった。

三行半は、昔、男が女に対して使う言葉であった。今では、女が男に対して使う言葉であるようだ。これを知った時、うかうかしていられない気分となった。いつ何時、妻から三行半を突きつけられるかわからない。覚悟が肝心である。そう思った時、本を書き、登場人物に感情移入する形で、私自身がもっと賢明にならなければならないと思うようになった。書いているうちに、登場人物に感情移入しすぎている自分に気づいた。

腹いせに、荒々しい言葉を吐いている作中の人物が、半ば自分の分身であるように感じられる。三行半を突きつけられそうな自分を予感して、今のうちから腹いせをしていることに気づいた。何とも悲しいことである。

まわりくどい表現があったり、同じような場面やセリフが繰り返され、物語は進展する。どうやら自分の中に存在する、もやもやとした気分が登場人物に投影されすぎたためらしい。正直に書こうとしたために、思わぬところで、か弱い自分を繰り返し暴露することとなった。

私自身、もっと妻を理解し、妻の立場になって人生を共に生きる努力をする必要がある。日本男児などと威張ってみたところで、意味がない。日々、世界は大きく変わっている。これまでの人間観や価値観が問い直される時代である。幕末の志士たちが世界を見て、新しい日本を形づくったように、新たな自己形成に向かわなければならない。

とは言え、日本男児は誇り高い。「生き様」を大切にする。惨めな死に方だけはしたくない。無様な姿を傍目に曝すことだけは絶対に避けたい。国や社会や企業のために生きてきた私たち男ども（団塊の世代）が、命果てる日まで凛々しく誇り高く生きたいと切望して、この本を書いた。

佐藤三武朗（さとう・さぶろう）
1944年、静岡県伊豆市（旧中伊豆町）生まれ。
日本大学文学部英文学科卒業、日本大学大学院文学研究科博士後期過程修了。国際関係学博士。日本大学総長代理・代行、国際関係学部長などを歴任。2013年、地域教育行政功労者として文部科学大臣賞受賞。現在、佐野日本大学短期大学学長、日本大学名誉教授・顧問。市民活動の活性化を目的とした「一般社団法人佐藤塾」（三島市）を設立、同代表理事。『天城恋うた』『天城　少年の夏』『修善寺ラプソディ』（以上、静岡新聞社）など、故郷・伊豆の歴史や風物を題材とした小説を多数発表。また、日本大学の学祖・山田顕義先生の生涯を描いた『日本巨人伝　山田顕義』（講談社）を出版し反響を呼ぶ。『吉田松陰最後の弟子　山田顕義』の出版・劇映画製作を目的に「一般社団法人山田顕義記念基金」を復活させ活動中。日本文学と西洋文学の比較などについて研究を進め、『Shakespeare's Influence on Shimazaki Toson』などの著書もある。

離婚の学校　男の覚悟・女の選択

2019年11月16日　第1刷発行

著　者———佐藤 三武朗

発行人———山崎 優

発行所———コスモ21
〒171-0021　東京都豊島区西池袋2-39-6-8F
☎03(3988)3911
FAX03(3988)7062
URL https://www.cos21.com

印刷・製本——中央精版印刷株式会社

ISBN978-4-87795-384-3 C0093